alta mar

Fantasía

Juan Ignacio Luca de Tena, 15. 28027 Madrid
www.brunolibros.es

Dirección del proyecto editorial
Trini Marull

Dirección editorial
Isabel Carril

Edición
Begoña Lozano

Preimpresión
Francisco González

Diseño de cubierta
Miguel A. Parreño (MAPO diseño)

Diseño de interior
Inventa Comunicación

La autora donará el importe correspondiente a sus derechos de autor sobre esta novela al Fondo de Naciones Unidas para la Infancia (UNICEF) con el deseo de colaborar con la labor que realiza esta organización en defensa de los derechos de los niños a la salud, la educación y la protección en todo el mundo.

Este libro dispone de un **cuaderno de Lectura Eficaz, Juegos de Lectura, n.° 164**

Primera edición: marzo 2012
Sexta edición: diciembre 2015

ISBN: 978-84-216-7269-3
D. legal: M-5871-2012

Printed in Spain

Mago por casualidad

Laura Gallego

Ilustración
José Luis Navarro

A Sergio, que me pidió que escribiera
un libro titulado *Mago por accidente.*

A mi padre, que sugirió que cambiara
ese título por *Mago por casualidad.*

A Andrés, que fue el primero en leer
la historia una vez terminada.

A Fernando, que la disfrutó a carcajadas.

A Pablo, que me pidió que le diera
otra oportunidad.

A Trini, que se la dio.

Y a todos aquellos que van a leerla en el futuro.
Para que nunca dejemos de soñar con la magia...
¡aunque a veces cause tantos problemas!

1

No te metas en asuntos de magos

HABÍA una vez un reino de fantasía con hadas, dragones, caballeros y todas esas cosas que tienen los reinos de fantasía. También había una ciudad grande con su castillo real. A la ciudad se llegaba por un camino, y junto a ese camino estaba la posada del Ogro Gordo. A ella acudían todo tipo de viajeros, vinieran de cerca o de lejos, fueran ricos o pobres, honrados o ladrones, altos o bajos, feos o guapos.

Quizá se debía a que era la única posada de los alrededores.

Por eso casi nadie se fijó en el sujeto que entró aquella noche para pedir una habitación, y eso que no tenía muy buena catadura. Era alto, flaco, huesudo y avinagrado, y vestía completamente de negro. Se tapaba con una capucha y todo él tenía un cierto aire siniestro. Además, llevaba un cuervo negro de ojos amarillos cómodamente instalado sobre su hombro izquierdo.

Ni siquiera Ratón se paró a mirarlo, aunque siempre se fijaba en todo; pero en aquel preciso momento estaba muy entretenido viendo la partida de cartas que se desarrollaba en una de las mesas. Casi todos los jugadores hacían trampas, pero nadie acusaba a nadie, no fuera que lo pillasen a él también. La verdad es que era una partida un poco complicada.

Ratón era un muchacho pelirrojo y pecoso. Tenía los incisivos superiores un poco salidos, y por eso todo el mundo lo llamaba así desde que podía recordar. Ratón era huérfano y trabajaba como mozo en la posada del Ogro Gordo. Era un trabajo duro y exigente, pero le gustaba, porque podía conocer a mucha gente, escuchar las historias que contaban los mercaderes llegados de tierras lejanas, y hasta ver partidas de cartas amañadas. ¿Qué más podía pedir?

Así que aquel misterioso tipejo vestido de negro subió hasta su habitación sin que Ratón

se diera cuenta. Si hubiese sabido la de problemas que le iba a traer aquel oscuro personaje, seguro seguro que le habría prestado bastante más atención...

En cuanto el posadero lo dejó solo, el hombre de negro salió de su habitación y llamó a la puerta del cuarto de al lado.

—¿Quién es? –se oyó una voz desde dentro.

—Calderaus –respondió el hombre de negro.

Hubo un silencio dentro de la habitación y, enseguida, ruido de pasos apresurados, un par de cofres que se cerraban y algo arrastrándose por el suelo...

Calderaus chasqueó los dedos y pronunció una palabra en ese idioma incomprensible que usan los magos para hacer sus hechizos. Porque, y por si a alguien le quedaba alguna duda, Calderaus era un mago, y de los buenos. Por eso fue capaz de atravesar la puerta cerrada como si fuera de humo.

El hombre de la habitación se pegó un buen susto, y se quedó blanco como la cera. No podía contrastar más con el patibulario individuo de negro: era bajito, gordo y calvo. Estaba en camisa de dormir y temblaba como un flan.

—Ca... Calderaus –fue lo único que dijo, y, disimuladamente, dio un último empujón, con el pie descalzo, al cofre que asomaba debajo de la cama–. No te esperaba tan pronto.

El mago se apoyó en su bastón y sonrió. El cuervo graznó.

—Mi querido Guntar –dijo.

Miró a su alrededor en busca de un lugar donde sentarse, pero no lo había, así que hizo aparecer ante él una elegante silla de madera de roble tallada y tomó asiento con parsimonia, mientras a sir Guntar le temblaban las rodillas y le castañeteaban los dientes.

—Mi querido Guntar –repitió–. Si mal no recuerdo, teníamos un negocio pendiente.

Sir Guntar pareció recobrar algo de compostura en cuanto oyó la palabra «negocio». Al fin y al cabo, era el mercader más poderoso de aquel país.

—Yo cumplo mis tratos –afirmó.

Los ojos del mago brillaron con codicia. El cuervo graznó de nuevo.

—Entonces, ¿lo has traído?

—¿Has traído tú el dinero?

Calderaus le lanzó dos saquillos llenos y esperó pacientemente a que sir Guntar terminase de contar las monedas. A pesar de ser asquerosamente rico, sir Guntar era muy muy tacaño.

—Ahora, mi parte –exigió.

El comerciante sacó un cofrecillo de debajo de la almohada. Calderaus se lo quitó de las manos, lo abrió ansiosamente y asomó las narices al interior.

Una risa lo estremeció de pies a cabeza.

—¡Por fin! –susurró–. ¡Por fin es... mío!

Sir Guntar sintió que se le ponía la piel de gallina..., lo cual no le impidió, ahora que Calderaus no miraba, esconder los saquillos de monedas debajo de la almohada.

—¡El Maldito Pedrusco es mío, y solo mío! –exclamó Calderaus.

—¿Maldito Pedrusco? –repitió sir Guntar, extrañado.

—Es que es una joya mágica –explicó Calderaus–. Se le perdió al gran mago Malapata cuando volaba sobre su alfombra y le cayó en la cabeza a un anciano que pasaba y que dijo: «¡Ay! ¡Maldito pedrusco!». Y se quedó con ese nombre desde entonces.

Sir Guntar no parecía muy convencido, pero es que no sabía la de cosas que podría hacer Calderaus con aquel pedrusco. Si lo hubiese sabido, se habría asustado de verdad; porque, como ya habréis adivinado, Calderaus no era precisamente una bondadosa hada madrina...

* * *

Mientras estos dos curiosos personajes mantenían su reunión de negocios, en la planta baja de la posada Ratón empezaba a aburrirse. Después de todo, era un poco difícil seguir una partida de cartas en la que nadie respetaba las reglas. Se dio la vuelta para volver al trabajo y... ¡plaf!, le pisó la cola sin querer a un gato enorme con cara de torta.

—¡Marramiauuu! –chilló el gato, y salió disparado escaleras arriba.

—¡Mi gato! –aulló su dueño, un mercader rico y orondo–. ¿Qué le habéis hecho a mi gato?

—¡Ratón! –lo riñó el posadero, creyendo que lo había hecho a propósito.

—¡Voy a buscarlo!

Ratón llegó al primer piso justo a tiempo de ver el rabo del gato desapareciendo dentro de una habitación. Ratón no sabía que aquel era el cuarto del siniestro personaje de negro que, cuervo incluido, había llegado a la posada una media hora antes, así que, sin pensarlo dos veces, entró sin llamar.

Calderaus estaba en ese instante realizando un complicado ritual para despertar los poderes del extraño objeto que le había comprado a sir Guntar, y, desde luego, no era el mejor momento para interrumpirlo. Tenía que invocar a mil demonios y algún que otro espectro, y eso lo hacía pronunciando un galimatías de palabras mágicas y sosteniendo en alto el Maldito Pedrusco, que brillaba con una luz siniestra.

—¡Maldito Pedrusco! –gritó Calderaus finalmente–. ¡Sé mío!

—¿Maldito Pedrusco? –repitió Ratón, extrañado.

Al ver al muchacho, Calderaus perdió la concentración, y de pronto la luz se hizo más brillante y el Maldito Pedrusco empezó a vibrar y a hacer un ruido muy sospechoso...

—¡¡¡Noooo!!! –gritó Calderaus.

La joya mágica saltó de sus manos como si fuese un sapo y cayó al suelo, rebotando sobre los tablones de madera.

Ratón sintió como si miles de gusanillos lo mordieran por dentro, todos a la vez. Después, el Maldito Pedrusco se calmó y todo volvió a la normalidad. Ratón miró a su alrededor, pero no vio ni rastro del mago.

—¡Estúpido! –se oyó de pronto.

Ratón descubrió entonces a un cuervo que lo miraba desde la mesita.

—¡Cerebro de troll! –le insultó el pajarraco–. ¡Mira lo que has hecho!

Y alzó un ala para que lo viese bien.

—¿Qué... yo... cómo?

—Has interrumpido mi ritual –dijo el cuervo–, y el Maldito Pedrusco se ha descontrolado. ¡Tenía que darme el poder de mil demonios y algún que otro espectro, y ahora mira lo que ha pasado!

—¿Tú eres el mago? –preguntó Ratón, incrédulo–. ¿Te has convertido en cuervo?

—¡No! Mi mente ha entrado en el cuerpo del cuervo.

—Y, entonces, ¿qué ha pasado con la mente del cuervo?

—¡Miau! –se oyó entonces, y Ratón vio como el gato gordo se encaramaba al alféizar de la ventana, alzaba las patas delanteras y se precipitaba al vacío. Plaf.

—¿Contesta eso a tu pregunta? –gruñó el cuervo–. Vaya, niño. Ningún ser vivo en esta habitación ha quedado igual que antes. Me pregunto qué te ha pasado a ti.

Ratón se asustó. Se miró las manos, se palpó la cara, pero no notó nada raro.

Gruñendo por lo bajo, Calderaus, encerrado ahora dentro del cuerpo del cuervo (lo cual, para hacer honor a la verdad, tampoco cambiaba mucho su aspecto general), sacudió el objeto mágico con una pata y se volvió hacia Ratón con los ojos brillantes.

—El Maldito Pedrusco ya no funciona. ¿Y sabes por qué?

—¿Porque hay que darle cuerda?

—¡No, mentecato! Porque, además de meter mi mente en el cuerpo del cuervo, también me ha arrebatado mis poderes (fíjate bien, mis poderes) y... y... y...

—¿Y qué?

—¡Y se los ha dado a otro! –gimió Calderaus finalmente.

Ratón miró a su alrededor, pero no vio a nadie más. Luego se dio cuenta de que el cuervo lo miraba a él.

—¿Te refieres a mí?

—¡Sí, a ti! –lloriqueó Calderaus–. ¡A ti, niño mequetrefe, que tienes los poderes del mejor mago del mundo, y ni siquiera sabes usarlos! ¡Qué desperdicio!

Ratón se sintió un poco ofendido. No le hacía gracia que un cuervo lo llamase mequetrefe.

—¿Cómo que no sé usarlos? –se defendió–. ¡Ahora verás!

Y levantó las manos haciendo grandes aspavientos mientras decía:

—Poderes de mago, haced chamusquina a este cuervo malvado.

Un rayito bastante raquítico salió de sus manos en dirección al cuervo, que se limitó a apartarse un poco a un lado.

—Asombroso –dijo con sarcasmo–. Estoy temblando de miedo.

Ratón, harto del mago-cuervo, le dio la espalda y salió de la habitación. Pero Calderaus voló tras él.

—¡Esto no va a quedar así! –le graznó en la oreja mientras bajaban las escaleras.

—Déjame en paz –protestó Ratón–. Tengo que volver al trabajo.

—No, no, ni hablar –insistió el cuervo–. Vas a venir conmigo, jovenzuelo, y te voy a enseñar un contrahechizo que me devolverá mi cuerpo y mis poderes.

—¿Y cómo vamos a hacer eso? –preguntó Ratón, intrigado.

—Pues con la ayuda del Maldito Pedrusco, por supuesto... –calló un momento–. ¡¡El Maldito Pedrusco!! –chilló, y se alejó volando como alma que lleva el diablo.

Ratón lo siguió hasta la habitación. Enseguida vieron los dos que el objeto mágico se había esfumado.

—¡¡¡¡Aaaaaaaaaaaaarrrgggg!!!! –gritó Calderaus–. ¡¡Ladrones!! ¡¡Me han robado!!

2

Nunca hagas tratos con el Gremio de Ladrones

AL oír los gritos, el posadero subió en tres zancadas, mientras Calderaus, de la desesperación, se arrancaba las plumas con el pico.

—¿Qué ocurre? ¿Quién ha gritado?

Ratón señaló al cuervo, que graznó y salió volando por la ventana.

—No me tomes el pelo, Ratón. Los cuervos no hablan.

—Este, sí. Dice que le han robado.

—¿Cómo van a robarle a un cuervo? Los gritos vendrán de... ¡Oh, no! ¡La habitación de sir Guntar!

Y se fue a todo correr. Enseguida se oyeron voces en el cuarto de al lado; Ratón se asomó a ver qué se cocía por allí y se topó con una escena curiosa. Sir Guntar seguía en camisa de dormir, y corría por la habitación, descalzo, dando saltitos y gritando:

—¡Yo no he sido! ¡Yo no he sido!

Y es que el cuervo se había liado a picotazos con el pobre hombre, y lo perseguía por todo el cuarto. Detrás corría el posadero, escoba en mano, tratando de ahuyentar a aquel molesto pajarraco; pero tenía poca puntería, y la mayor parte de los escobazos iban a parar a la reluciente calva de sir Guntar.

Ratón volvió a la habitación de Calderaus en busca de alguna pista, porque pensaba que un Maldito Pedrusco no podía desaparecer así como así. Entonces vio en el suelo algo que brillaba, y lo recogió.

Era una moneda. La cara mostraba la figura de un zorro, y la cruz, una luna en cuarto menguante.

—La insignia del Gremio de Ladrones –dijo una voz junto a su oído.

Ratón dio un respingo del susto. Calderaus estaba posado en su hombro, mirándolo tranquilamente.

—Gracias, niño –dijo el mago-cuervo–. Ahora ya sé dónde buscar. Iremos a la ciudad y hablaremos con el jefe de esa pandilla de rateros.

Ratón nunca había estado en la ciudad, pero para chinchar a Calderaus dijo:

—¿Y si no quiero ir contigo?

—Una terrible maldición caerá sobre ti y sobre tu familia.

—No tengo familia. Además, tú ya no puedes lanzar maldiciones porque te has quedado sin poderes.

Calderaus le picoteó la oreja. Luego se quedó pensativo y finalmente dijo:

—¿Y tú no quieres aprender magia, muchacho? Si me ayudas a recuperar el amuleto, te enseñaré a usar esos poderes que tienes.

Ratón pensó que sería mucho más divertido ser aprendiz de mago que seguir trabajando en la posada del Ogro Gordo, así que aceptó, y no tardaron en ponerse en marcha.

Al anochecer del día siguiente llegaron a la ciudad.

Como nunca había estado allí, Ratón empezó a mirarlo todo con los ojos muy abiertos. Pero cuando Calderaus lo guio por las laberínticas callejas de los bajos fondos, se sintió un poco perdido.

—Qué mal huele –comentó, tapándose las narices.

—Claro, es que esto son los bajos fondos.

Se detuvieron frente a una pequeña puerta de madera.

—Llama cuatro veces, luego haz una pausa y llama otras dos –indicó el cuervo.

—¿Por qué?

—Es la contraseña, tonto.

—¡Ah!

Ratón llamó: cuatro golpes, pausa, dos más. Y esperó.

Se oyó como si alguien arrastrase algo por el suelo. La mirilla se abrió y se asomó un ojo feroz.

—¿Quién se atreve? –bramó desde dentro una voz no menos feroz.

—El gran mago Calderaus quiere hablar con el jefe del Gremio de Ladrones –dijo Calderaus.

—Yo solo veo a un niño y a un cuervo.

—Es que venimos de incógnito.

—¡Ah! –el ojo parpadeó, confuso–. Pues verás, es que ahora estamos algo ocupados.

Dentro se oyó un ruido como de platos rompiéndose y a alguien que gritaba:

—¡Te he dicho que me la devuelvas, que es mía!

—¡No me da la gana! –chillaba una voz infantil–. ¡La he robado como dice el Código!

—Bueno, ejem... –carraspeó el portero–. El jefe está ahora... atendiendo otros asuntos.

—¡A Calderaus nunca se le hace esperar!

—Podrías abrir la puerta –intervino Ratón–. Es muy incómodo tener que hablarle a un ojo.

Enseguida se oyó un chasquido, y la puerta se abrió.

—Pasen, pasen –los invitó el portero.

Ratón ya miraba hacia arriba, esperando ver un individuo muy grande y fornido, pero tuvo que bajar la vista hasta encontrarse frente a frente con un tipo barbudo más o menos de su misma estatura: acababa de bajar del taburete al que se había subido para asomarse a la mirilla de la puerta.

—¿Y tú qué miras, niño? –rezongó el portero–. ¿Nunca has visto un enano?

—Sí, muchas veces. Pero es que por la voz y la mirada feroz parecías mucho más grande.

—Me sale bien, ¿verdad? –se pavoneó el enano–. Es muy útil para asustar a los enemigos y los repartidores de propaganda.

Los hizo pasar hasta una sala que parecía el escenario de una batalla campal.

—Disculpen si esto está un poco desordenado –se excusó el portero.

Parapetado tras una mesa volcada, un hombretón de barba negra se protegía de las piezas de vajilla que volaban por los aires. Ratón esquivó un plato, intentó descubrir quién lo había arrojado y logró vislumbrar una nariz respingona que asomaba tras una alacena.

—¿Qué pasa aquí? –preguntó, confuso.

—El jefe se ha vuelto a enfadar con la mocosa –suspiró el enano–, y ella se ha enfadado con el jefe. Si quieres que te diga la verdad, no sé qué es peor.

—¡Manolarga! –graznó entonces Calderaus.

Enseguida, el hombretón se giró hacia ellos. En aquel momento de distracción, una jarrita de leche le acertó en la cabeza y le hizo un buen chichón.

—¡Niña, ya basta! –aulló en dirección a la alacena–. ¡Que tenemos invitados!

De pronto, todo volvió a la normalidad, y los platos dejaron de volar de un lado para otro.

—Manolarga –dijo Calderaus–, he venido aquí a hablarte de un asunto muy importante.

—¿Un pajarraco medio desplumado quiere hablar conmigo? –exclamó el hombretón.

—Es el mago Calderaus, jefe –le dijo el enano–. Viene de incógnito.

—¡Ah, caramba! –Manolarga se rascó la barba, pensativo–. ¡Por los bigotes de Caco! Pues sí que es un buen disfraz. ¿Y qué te trae por aquí, viejo amigo?

—¡Ejem! Conocido, nada más. Pues bien, lo que me trae por aquí... Enséñaselo, niño.

Ratón, obediente, se llevó la mano al bolsillo para sacar la insignia del Gremio de Ladrones que había cogido en la posada. Pero se encontró con que no tenía nada dentro.

—¡Me han robado! –se lamentó.

—Pues claro que te han robado –gruñó Manolarga–. Esto es el Gremio de Ladrones.

Estiró el brazo y agarró algo que se escabullía tras él.

—¡Suéltame! –chilló una voz ahogada.

Manolarga levantó su presa en alto: era una chiquilla de unos ocho años, vestida como un chico y con el cabello corto, sucia y desgreñada, que pataleaba por liberarse.

—Esta es Lila, mi sobrina.

Ratón pensó que la niña no se parecía mucho a una flor.

—Lila, devuélvele a este joven lo que le has robado.

—Pero ¡se lo he robado según el Código!

—Ya lo sé, pero él y su cuervo han venido aquí a hablar de negocios. Devuélveselo, anda.

De mala gana, la niña le devolvió la insignia a Ratón.

—Lila... –gruñó Manolarga por lo bajo, amenazadoramente.

Ella se hizo la despistada al principio. Luego, al ver que su tío no la soltaba, a regañadientes, se sacó algo del bolsillo y se lo dio a Manolarga, que lo agarró con avidez.

—¡Por fin! –aulló, y soltó a la niña sin contemplaciones–. ¡Mi pipa de la suerte!

Se apresuró a encenderla, muy contento por haberla recuperado. Lila, refunfuñando, fue a esconderse detrás de la alacena.

—Y ahora –dijo Manolarga, soltando dos bocanadas de humo–, dime qué es lo que quieres.

Calderaus le explicó lo que había pasado con todo lujo de detalles.

—Exijo que me devuelvas mi Maldito Pedrusco –concluyó–, o te convertiré en sapo.

—Pero si tú no puedes... –empezó Ratón; el cuervo le picoteó la oreja para que se callara.

—¿Maldito Pedrusco? –repitió Manolarga, rascándose la coronilla.

—Sí, verás, se llama así porque... –empezó Calderaus–. ¡Mil rayos! ¡No me hagas enfadar, Manolarga, y devuélvemelo!

—Lo robé según el Código –se defendió él.

Los ojos de Calderaus relampaguearon de furia. Alzó el vuelo y se lanzó sobre el jefe de los ladrones para picotearlo sin piedad.

—¡Basta! –jadeó finalmente Manolarga, ahogado en una nube de plumas negras–. Ya no lo tengo. Lo he vendido.

—¿A quién? –tronó Calderaus.

Manolarga se quedó pensativo un buen rato. Luego, su mirada fue, alternativamente, de su amada pipa a su alacena, y de ahí a sus invitados.

—¡Lila, ven aquí! –llamó.

La pequeña ladronzuela se acercó, mirándolo con desconfianza.

—Te vas a ir de viaje con estos señores –le explicó Manolarga.

—¡¡Qué!! –gritó Calderaus–. ¡¡Ni hablar!!

—¡Es la mejor ladrona del Gremio! Pero a veces... hummm... nos causa algunos problemillas, ya sabes... Así que yo te digo dónde está ese pedrusco y tú te llevas a la niña, ¿hace?

Calderaus frunció el ceño.

—Está bien –dijo por fin–. Y ahora, ratero de tres al cuarto, ¿qué has hecho con mi Maldito Pedrusco?

—Se lo vendí a Maldeokus, el mago de la corte. Se puso muy contento.

Calderaus gimió como si le arrancasen las tripas.

—¡Mi Maldito Pedrusco en poder de ese ilusionista petardero! –se lamentó–. ¡Y yo convertido en cuervo, sin poderes y cargando con dos críos...!

La oreja de Manolarga pareció hacerse más grande.

—¿He oído bien? ¿Has dicho «sin poderes»?

Calderaus cerró el pico, pero era demasiado tarde: Manolarga los echó a escobazos de la casa y cerró la puerta (y la mirilla) a cal y canto. Cuando Calderaus se recuperó del susto y miró a su alrededor, no solo vio a Ratón, sino también a la pequeña Lila mirándolo con los ojos muy abiertos.

—Está bien –suspiró–. Vámonos.

—¿Adónde?

—A la corte.

3

Es de mala educación hacer brujerías en la corte

LA corte estaba en un gran palacio en el centro de la ciudad. Ratón, Lila y Calderaus intentaron entrar por la puerta principal, pero los echaron porque molestaban a los lujosos carruajes que se detenían frente a la entrada. De ellos salían nobles y príncipes muy trajeados.

—Y toda esta gente, ¿quién es? –dijo Ratón, admirado.

—Son pretendientes a la mano de la princesa Griselda –respondió Lila–. Esta noche tiene audiencia para elegir a uno de ellos. Por eso no podemos entrar.

—Pues habrá que buscar otro camino –decidió Calderaus.

Al final se colaron por la puerta de la cocina, porque Lila puso su carita-de-pena (era experta en poner caras, y aquella le salía muy bien) ante la cocinera, y ella los dejó entrar para darles algo de comer. Como todos estaban muy atareados allí, no les prestaron atención cuando se escabulleron por los pasillos.

—¿Qué haremos cuando encontremos al mago real? –preguntó Ratón.

—Puedo robarle el pedrusco –se ofreció Lila–. Se me da muy bien.

—No sé –respondió Calderaus–; todos los magos llevan encima un montón de amuletos, y tú no sabes cuál es el mío.

—Y si se lo pedimos amablemente –intervino Ratón–, ¿no nos lo dará?

Calderaus batió las alas, enfadado.

—Pero, niño, ¿tú eres tonto? ¡El Maldito Pedrusco puede hacer a su poseedor el hombre más poderoso del mundo!

—Pues a ti te ha convertido en un pajarraco de mal genio.

Calderaus trató de picotearle la oreja, pero Ratón se lo quitó de encima de un manotazo.

—¡Eh, mirad! –dijo entonces Lila–. ¿No es ese el mago?

Calderaus miró. En una puerta lateral del salón del trono, un hombre daba órdenes a diestro y siniestro, muy nervioso.

—Pues sí, es Maldeokus… ¿Cómo lo has sabido, niña?

—Hombre, pues por la barba, y la túnica con símbolos raros, y los amuletos, y el gorro puntiagudo…

—¡Eh, muchacho! –exclamó de pronto Calderaus–. ¿Adónde vas?

Ratón ya se había plantado junto a Maldeokus y le tiraba de la túnica.

—¿Qué quieres? ¡Estoy muy ocupado!

—Me envía Manolarga, el jefe del Gremio de Ladrones…

Maldeokus se volvió inmediatamente hacia él.

—¡Chsss, no hables tan alto! Espera un momento.

El mago se llevó a los niños a una habitación privada, y el cuervo se fue tras ellos.

—Bueno, veamos –dijo Maldeokus, frunciendo el ceño–. ¿Dices que te envía Manolarga? ¿Y qué tripa se le ha roto esta vez?

—Dice que se equivocó con el amuleto que te llevaste –dijo Ratón–. No estaba en venta.

—¿Qué? Pero ¡yo pagué por él! Y me costó muy caro, ¿sabes?

—Pues por eso. Se equivocó de amuleto, y te dio el que no vale nada.

—¿Cómo que no vale nada?

Maldeokus sacó el amuleto del bolsillo y lo examinó con detenimiento. Luego volvió a ponerlo a buen recaudo y los miró, desconfiado. Y entonces se fijó en el cuervo.

—Caramba, Calderaus –comentó con una sonrisa taimada–. Cuánto tiempo sin verte, viejo chacal pulgoso.

—¿Cómo me has reconocido, hiena de la corte? –graznó el cuervo.

—No hace falta ser muy perspicaz, grajo malasombra. ¿Así que te interesa mi amuleto? ¿Y querías engañarme para que te lo diera?

Calderaus farfulló algo sobre no hacer caso de las tonterías que dicen los niños.

—Bueno, víbora con plumas –dijo Maldeokus–, hagámoslo como en los viejos tiempos: te reto a un duelo de magia.

—¿Un duelo de magia? –preguntaron Ratón y Lila a la vez.

—¡Un duelo de magia! –gimió Calderaus.

—¿No te gusta la idea? –lo mortificó Maldeokus–. ¿No será que te has quedado sin poderes, dromedario malcarado?

Calderaus se puso lívido..., bueno, todo lo lívido que puede ponerse un cuervo, claro. Maldeokus lanzó un aullido triunfal:

—¡Lo suponía! Entonces, mi querido buitre carroñero, no sé por qué te molestas en venir a verme... He ganado antes de empezar.

—¡No tan deprisa, rata de alcantarilla! –replicó Calderaus–. ¡Acepto el duelo! El chico luchará por mí –dijo señalando a Ratón con un ala, orgullosamente–. Es mi más aventajado alumno.

—Es el único alumno que tienes –comentó Lila, y Calderaus le dirigió una mirada amenazadora.

Ratón se había puesto blanco como el papel.

—Y el vencedor, escarabajo pelotero –prosiguió Calderaus–, ¡se quedará con el Maldito Pedrusco!

—¡Está bien, perro sarnoso! –aulló Maldeokus, rojo de furia–. ¡Que comience el duelo!

El hechicero pronunció unas palabras mágicas y una gran bola de fuego verde apareció entre sus dedos. De un salto, Ratón fue a refugiarse detrás de un banco. La bola de fuego se estrelló muy cerca de su escondite. La alfombra quedó chamuscada y de color verde.

—¡Vamos, no te quedes ahí parado! –lo riñó Calderaus–. ¡Contraataca!

—Pero ¿cómo?

El mago de la corte se reía de los apuros de su rival. Levantó las manos y empezó a conjurar otra vez, pero Ratón no se quedó para ver el final: agarró la puerta y escapó por pies.

Los momentos siguientes fueron confusos. Ratón corría que se las pelaba por el palacio; Maldeokus iba detrás, lanzando rayos y centellas que el aprendiz esquivaba como podía; tras ellos volaba Calderaus, gritando: «¡Contraataca! ¡Contraataca!», y, por último, corría Lila, no se sabe muy bien por qué.

Jadeando, Ratón entró por una enorme arcada sin saber lo que había detrás..., y fue a parar al salón del trono, a la elegante recepción organizada por el rey.

Se detuvo en seco. Maldeokus también tuvo que echar el freno de emergencia, pero un conjuro que llevaba medio lanzado se le escapó sin permiso, y de pronto uno de los invitados quedó convertido en una estatua de helado de piña.

El rey los miró fijamente. La reina los miró fijamente. La princesa los miró fijamente. Los invitados los miraron fijamente. Los criados los miraron fijamente. Hasta el perro los miró fijamente.

—¿Qué es esto, Maldeokus? –preguntó el rey, frunciendo el ceño.

De pronto sintió que alguien le tiraba del manto de armiño, y miró hacia abajo. Allí estaba Lila, ensayando su carita-de-asustada.

—¡Ese mago me ha robado mi amuleto y quiere convertir a mi amigo en un helado de piña! –lloriqueó, señalando a Maldeokus con un dedo acusador.

—Ay, ya está otra vez haciendo de las suyas –se quejó la reina, con un suspiro–. Estos magos son realmente molestos; me dan dolor de cabeza. Deberías mandarlo encarcelar, cariño.

Maldeokus se puso blanco. Los invitados murmuraban. El rey no sabía qué hacer.

—¡Fuera de aquí! –ordenó finalmente–. Ya hablaremos más tarde.

Maldeokus salió de la sala sin decir esta boca es mía. Ratón aprovechó para escabullirse sin ser visto.

La fiesta se reanudó, y los invitados siguieron divirtiéndose como si nada hubiera pasado. Pero la princesa se quedó mirando con curiosidad la puerta por la que había salido Ratón. No tenía intención de casarse por el momento, y aquellas recepciones para encontrarle marido le parecían muy aburridas.

Pensativa, embadurnó su dedo índice de helado de piña, antes de que la estatua se derritiese del todo, y se lo llevó a la boca.

Le gustaba mucho el helado de piña.

Mientras, Ratón se había refugiado en una enorme sala adornada por elegantes armaduras y cuadros de monarcas antiguos. Estaba admirando las piezas de museo cuando se topó de narices con Maldeokus, que acababa de materializarse allí mismo.

—¡Acabemos con nuestro duelo! –exclamó el mago.

Ratón, cansado de huir, decidió plantarle cara. Recordó cómo había salido un rayo de fuego de sus manos en la posada del Ogro Gordo, y trató de repetir el experimento.

De su dedo pulgar brotó una pequeña y temblorosa llamita.

Maldeokus se desternillaba de risa, y el chico se sintió muy humillado.

—¡Ahora verás! –gritó Ratón, y levantó las manos como le había visto hacer a él.

¡¡Kabuuumm!!

Y un enorme estallido de fuego salió de entre sus dedos. Ratón cerró los ojos.

Cuando los volvió a abrir, la sala entera estaba arrasada, y Maldeokus ya no se reía. Tenía la cara tiznada de hollín, y la túnica y las barbas chamuscadas.

—Oh... vaya –fue lo único que dijo el mago real.

—¡Ja, ja, toma eso, alacrán ponzoñoso! –se oyó la voz del cuervo Calderaus desde las alturas.

—¡Tú...! –empezó Maldeokus, pero no pudo seguir; seguramente no le quedaban más insultos animales en su repertorio–. ¡Tú... cucaracha pestilente! –soltó por fin, muy satisfecho–. ¡Aún no me has vencido! Yo tengo el amuleto y... –se llevó la mano al bolsillo y le cambió la cara–. ¡El amuleto! –gritó.

Empezó a registrar todos los bolsillos de su túnica, que no eran pocos, y a lanzar al suelo los trastos inútiles. Ratón se admiró de todo lo que cabía en una túnica de mago, y decidió que se compraría una igual.

Maldeokus empezó a tirarse de las barbas, desesperado. Entonces descubrió a Lila, que se alejaba de puntillas con el amuleto entre las manos.

—¡Tú! –gritó.

En aquel momento la puerta se abrió y entró el rey, con su corte detrás. Cuando vio lo que había pasado con su magnífica colección de armaduras, se puso rojo, luego azul y después verde, y bramó, aún más fuerte que Maldeokus:

—¡¡¡TÚÚÚ....!!!

El mago real pareció hacerse chiquitito como una hormiga.

—¡¡¡HAS DESTROZADO TODAS MIS ARMADURAAAS!!!

—¡Ha sido él! –se defendió Maldeokus, señalando a Ratón.

Ratón trató de imitar la carita-de-inocente de Lila. Le salió bastante bien. Entonces oyó que el cuervo le susurraba al oído:

—Ya tenemos el Maldito Pedrusco. Ahora, larguémonos de aquí.

Calderaus empezó a dictarle unas palabras en voz baja, y Ratón las repitió. El rey ya avanzaba hacia él a grandes zancadas cuando el muchacho terminó el hechizo.

Ratón, Lila y el cuervo desaparecieron de allí en una nube de humo.

—¡Cof, cof...! ¿Qué está ocurriendo aquí? –preguntó el rey entre toses, mirando a su alrededor, desconcertado.

—¡Terrible, majestad! –se lamentó Maldeokus–. Esos niños poseen un amuleto mágico que puede hacer del cuervo el hombre más poderoso del mundo...

—Querrás decir el cuervo más poderoso del mundo...

—Es que no es un cuervo, majestad: es un mago disfrazado.

—¡Ah, caramba, pues es un buen disfraz!

—Pero si los dejamos escapar, dominarán el mundo, nos dominarán a todos...

—¡Ah, eso sí que no! Aquí solo mando yo. Hay que darles caza inmediatamente. ¡A ver, que vengan los héroes del reino!

El rey sintió que le tiraban del manto, y miró hacia abajo. Allí estaba su hija, la princesa Griselda, mirándolo con expresión anhelante.

—¿Puedo, papá? ¿Puedo?

El rey suspiró.

—Porfi, porfi, porfi...

El rey suspiró de nuevo.

—Está bien, hija. Pero ten cuidado, ¿eh?

La princesa dio un brinco de alegría y corrió a su cuarto. Se quitó el vestido de princesa y se puso una armadura de caballero. Y es que a Griselda le aburría mucho ser princesa; ella quería vivir aventuras, como los príncipes valientes y los caballeros andantes, y, de hecho, llevaba tiempo entrenándose. Ya era una de las mejores heroínas del reino.

Lo malo de ser heroína era que siempre tenía que rescatar a otras princesas. A ella le hubiera gustado rescatar alguna vez a un príncipe... por si decidía casarse algún día.

Pero, en realidad, su mayor ilusión era matar un dragón.

4

No es recomendable adentrarse en un bosque tétrico y oscuro

RATÓN, Lila y Calderaus reaparecieron en medio de una nube de humo violeta. Cuando pudieron dejar de toser, miraron a su alrededor.

—Qué oscuro está esto –comentó Lila, escondiéndose detrás de Ratón.

—Y qué frío hace.

—Y qué ruidos tan raros se oyen.

—Y qué solos estamos.

Los dos se estremecieron y se arrimaron el uno al otro.

—¡No, no, no! –se lamentó entonces Calderaus, arrancándose las plumas a picotazos–.

Ya sé dónde estamos: ¡en el Bosque-Tan-Peligroso-Que-De-Él-No-Vuelve-Nunca-Nadie!

Lila parpadeó, sorprendida. No sabía que los bosques tuviesen nombres tan largos.

—¡Se supone que teníamos que aparecer en una isla tropical! ¡Has vuelto a hacer mal el hechizo, aprendiz!

—Bueno, entonces pronunciaré otra vez las palabras mágicas y nos iremos a cualquier otra parte...

Calderaus dejó de lamentarse y respondió rápidamente:

—Este..., no, muchacho, mejor será que no lo intentes otra vez..., ¡ejem! Cruzaremos el bosque a pie.

—Pero ¡si tú has dicho que es un Bosque-Tan-Peligroso-Que-De-Él-No-Vuelve-Nunca-Nadie! –protestó Lila.

—Aquí mando yo, y se hace lo que yo diga, ¿estamos? Así que, ¡andando!

—Pero está muy oscuro –dijo Ratón–. ¿No hay ningún hechizo para encender una luz, o algo así?

—Sí –respondió el cuervo–, pero no me fío un pelo de ti. Seguro que terminamos todos chamuscados.

—Eh –dijo entonces Lila, temblando de miedo–. Mirad.

Ratón y Calderaus miraron a su alrededor, y se les pusieron los pelos y las plumas de punta: estaban rodeados por cientos de pares de ojillos brillantes que los observaban desde la espesura.

—¿Qué es eso? –dijo Lila en voz baja.

—¡No lo sé, pero no me voy a quedar para averiguarlo! –replicó Calderaus, y, alzando el vuelo, se perdió en la oscuridad.

Los niños se quedaron solos. Los ojillos parpadearon en las sombras.

A Lila le castañeteaban los dientes.

—Po-podríamos ma-marcharnos de aquí –sugirió.

—Me-me pa-parece mu-mu-muy bu-buena idea –aprobó Ratón.

Los dos se levantaron muy despacio y, cogidos de la mano para no perderse, se alejaron de aquel lugar, paso a paso, con cuidado de no tropezar. Al cabo de un buen rato dejaron los ojos brillantes atrás, pero seguía estando oscuro. Ratón y Lila se detuvieron.

—No sé qué hacer –dijo Ratón.

—Yo tampoco –dijo Lila.

—Pues es una pena –dijo una voz misteriosa.

Ratón y Lila miraron hacia todos los lados, pero no vieron nada, porque estaba muy oscuro.

—Ah, es verdad –dijo la voz misteriosa–. Siempre olvido que los humanos no veis en la oscuridad. Esperad, que voy a sacar una luz.

Apenas unos segundos después vieron una débil lucecita frente a ellos, y se acercaron con curiosidad.

En el nudoso tronco de un árbol había crecido una pequeña seta, pero no era una seta cualquiera: era una seta-casa, con ventanitas, chimenea y todo lo demás. Y, sentado sobre el tejado, había un duendecillo que sostenía un diminuto farolillo encendido.

—Ante todo, buenas noches –saludó el duendecillo.

—Buenas noches –respondieron los niños.

—¿Qué hacéis vosotros aquí?

—Pues, en realidad, no lo sabemos. Queremos salir de este bosque.

—Je, eso es gracioso.

—¿Por qué?

—Porque todo el mundo dice lo mismo: «¡Señor duende, queremos salir del bosque!», y yo no lo entiendo, porque es un sitio fenomenal para vivir.

—Pero está muy oscuro.

—Ah, claro, eso es una pega para vosotros, los humanos. Pero si no os gusta, ¿por qué habéis venido?

—Por equivocación.

—Todos dicen lo mismo. ¡Os equivocáis mucho, los humanos! ¿Es que no sabéis ahí fuera que este es el famoso Bosque-Tan-Peligroso-Que-De-Él-No-Vuelve-Nunca-Nadie?

—Bueno, ¿nos va a echar una mano, o no? –se impacientó Lila.

—Y también un pie, si os apetece. Pero no puedo ayudaros a salir de aquí. El bosque es muy grande, y yo soy muy pequeño: nunca he visto sus límites.

—Ah –dijo Ratón, desilusionado–. Bueno, gracias de todas formas.

—De nada. Y a ver si encontráis pronto la salida del bosque y me dejáis dormir de una vez.

Y el duende entró de nuevo en la seta, llevándose consigo la lamparilla.

Ratón y Lila siguieron adelante. Al cabo de un rato llegaron a un pequeño claro donde se filtraba algo de la luz de las estrellas.

—Aquí podemos descansar y encender un fuego –dijo Ratón–. Cuando se haga de día, habrá más luz.

Así lo hicieron. Tanteando en la penumbra, lograron reunir bastantes ramas; pronto, los dos estuvieron calentándose a la lumbre de una pequeña hoguera.

Ratón miró a su alrededor.

—¿Sabes que hemos perdido a Calderaus, Lila?

—Para lo que servía... No hacía más que reñirnos por todo. Yo no lo echo de menos.

—Tienes razón. Era un pesado.

—Y un escandaloso.

—Y un mandón.

—Y un gruñón.

—Era un cuervo con muy malas pulgas –concluyó Ratón.

—*¡¡Soy* un cuervo con muy malas pulgas!! –corrigió la voz de Calderaus desde la oscuridad–. ¿Creíais que os ibais a librar de mí tan pronto?

Calderaus descendió planeando desde lo alto de una rama y se posó sobre una seta gigante que crecía al pie de un árbol.

—Uy, qué bien, si habéis encendido una hoguera... –comentó, y avanzó un poco a saltitos para calentarse las plumas del trasero.

—Qué cara tienes –gruñó Lila–. Nos has abandonado en el bosque.

—¡Yo nunca haría eso, querida niña!

—Ah, bueno, menos mal; ya pensaba que eras un cuervo malvado.

—¿Cómo voy a marcharme sin mi Maldito Pedrusco? –prosiguió Calderaus–. ¡Ni que fuera tonto!

Ratón susurró al oído de Lila:

—Dáselo; así nos dejará tranquilos.

Ella, a regañadientes, se sacó el amuleto del bolsillo y se lo dio a Calderaus, que lanzó un graznido de triunfo y lo agarró bien entre las patas.

—Y ahora, niños, a dormir, que es tarde –dijo–. Mañana trataremos de salir del bosque.

Ratón y Lila cruzaron una mirada. No aguantaban más al mago, y no hizo falta que hablaran entre ellos para saber que se escaparían en cuanto pudieran. Así que se tumbaron en el suelo e hicieron como que se dormían.

* * *

Mientras tanto, un grupo de valientes héroes salía de la ciudad a galope tendido. Allí estaban el famoso caballero Baldomero, el fuerte enano Robustiano, el hábil arquero elfo Adelfo, y la bella princesa Griselda... ¡Ah! Y detrás trotaba una vieja mula llevando sobre su lomo a un mareado Maldeokus, que refunfuñaba y se quejaba a partes iguales, porque él no estaba acostumbrado a aquellos animalejos... Donde estuviera una buena alfombra mágica, un hechizo de teletransportación o, incluso, una escoba de bruja...

El rey les había ordenado capturar a tres delincuentes muy peligrosos: dos niños y un cuervo.

—Por todos los caballeros de la Tabla Redonda, mi querido amigo –le susurró Baldomero al arquero elfo, mirando de reojo al mago real, que se iba poniendo verde por momentos–. Aquesta es la gesta más extraña que he acometido en mi vida.

5

Si es grande, feo y peludo, y encima huele mal, lo más probable es que se trate de un troll

EN el Bosque-Tan-Peligroso-Que-De-Él-No-Vuelve-Nunca-Nadie, el mago Calderaus descansaba muy calentito junto a la hoguera, hecho un ovillo de plumas.

—Lila, despierta –susurró Ratón–. Calderaus se ha dormido.

En silencio, los dos recogieron sus cosas, prendieron una antorcha y abandonaron el claro, dejando atrás al cuervo. Paso a paso, avanzaron por el bosque durante un buen rato, hasta que Ratón vio algo que le llamó la atención.

—¿Eso que llevas colgado al cuello no es el amuleto de Calderaus?

Ella puso su carita-de-inocente.

—¡No, no, qué va! –mintió–. De noche, todos los amuletos se parecen.

—¡Lila! –la riñó Ratón–. ¿Qué has hecho?

—¡Lo he robado según el Código!

Ratón iba a seguir protestando, pero Lila arrugó la nariz y husmeó en el aire.

—¡Caramba, qué mal huele! Ratón, eres un guarro.

—¡Yo no he hecho nada!

—¿Ah, no? Entonces, ¿quién...?

—¡Mira, una luz!

Intrigados, Ratón y Lila se acercaron al lugar de donde provenía la luz y se asomaron con cautela entre los árboles.

En el claro había una hoguera, y en torno a ella se sentaban cuatro individuos muy grandes, altos y peludos. Uno de ellos se rascaba los pies; otro se hurgaba las narices; el tercero le pegaba mordiscos a un pedazo de carne grasienta, y el último se estaba despiojando la cabezota.

Era una familia de trolls; pero, como ni Ratón ni Lila habían visto nunca un troll, no lo sabían.

—¡Qué feos son, y qué mal huelen! –susurró Lila–. ¿Por qué no se lavan?

—No lo sé. ¿Nos acercamos?

—¡Ni hablar, qué asco!

De pronto ambos sintieron que el olor se hacía más intenso, y se pusieron en guardia.

Demasiado tarde: tras ellos había un quinto troll, mirándolos un tanto sorprendido.

—¡¡¡Aaaaaaahhhh!!! –chilló Lila.

—*¿Ein?* –dijo el troll, rascándose la cabeza.

Los niños salieron corriendo, uno por cada lado. El troll alargó los brazos y los pescó limpiamente.

—¡Suéltame, suéltame, suéltame...! –gritaba Lila.

—¡Te convertiré en un sapo! –lo amenazó Ratón.

El troll los levantó como si fuesen plumas, y se quedó mirándolos con una cierta expresión estúpida, mientras ellos pataleaban en el aire.

—*Aahmm* –hizo entonces el troll; se los echó a los dos al hombro y se los llevó hacia el claro.

Lila y Ratón forcejearon, pero no pudieron evitar que el troll los arrojara ante los demás. A la madre troll le brillaron los ojos cuando los vio.

—*Ñam* –dijo, y a pesar de que ni Ratón ni Lila entendían el idioma troll, aquello lo comprendieron a la perfección.

—¡Haz algo, Ratón! –exclamó Lila, mientras el padre troll los ataba para que no se escaparan–. ¡Tienes poderes; úsalos!

Ratón cerró los ojos y se concentró para llevar a cabo su truco más espectacular, esperando que asustase a los trolls y los hiciese salir huyendo.

¡Kabuuumm...!

La explosión de fuego llenó todo el claro.

Cuando Ratón abrió los ojos, vio a cinco trolls chamuscados y muy pero que muy mosqueados.

—*Grrrrrrr...* –hizo el padre troll, enseñando los colmillos.

Aquello significaba, en el idioma troll, que estaba bastante enfadado.

—Creo que no les ha gustado, Lila.

—Pero ¿por qué no le das más potencia al hechizo, tonto?

—¡Pues porque no sé!

No pudieron seguir discutiendo. Los trolls se los cargaron al hombro para lanzarlos de cabeza a la hoguera que avivaba la madre troll.

—¡Yo soy muy joven para moriiiiir...! –lloriqueaba Lila.

—¡Alto ahí, engendros de la noche! –gritó entonces una voz desde las alturas.

Los trolls se detuvieron y miraron a su alrededor.

Calderaus descendió volando desde una rama, con expresión terrible.

—¡Soy el gran mago Calderaus! –proclamó–. ¡Y os ordeno que dejéis libres a mis aprendices!

Los trolls se miraron unos a otros.

—¡Obedeced al gran mago Calderaus, criaturas de la oscuridad! –exigió el cuervo.

Uno de los trolls se encogió de hombros y estiró la zarpa.

—¡¡¡Aaaarggg!!! –chilló Calderaus cuando se vio atrapado por la peluda garra del troll–. ¡Suéltame, pedazo de patán, cerebro de mosquito!

El troll estudió al escandaloso cuervo parlante desde todos los ángulos, y frunció el ceño.

—*Uggg* –dijo, y fue a lanzarlo a la hoguera.

—¡No, no, no, no, espera! –gimió Calderaus–. Querido amigo, mi buen colega, ¿no podemos reconsiderarlo?

El troll lo miró de nuevo.

—¡Quédate con ellos y déjame libre! –suplicó Calderaus–. Yo solo quiero mi amuleto, ¿eh? Puedes comerte a mis aprendices si quieres, que seguro que están de rechupete... Pero a mí déjame marchar, que soy un viejo cuervo insípido, todo huesos y plumas...

—*Grung* –hizo el troll, y, cogiendo al cuervo como si estuviese apestado, fue a enseñárselo a su madre.

—¡No, por favor, suéltame...! –lloriqueaba Calderaus.

—*Uggg* –le explicó el troll a la madre.

—*Ñam* –decretó ella.

—¡¡Noooooo...!! –chilló Calderaus.

Ratón pensó que tenía que hacer algo para salir de aquel atolladero. Así que decidió volver a probar con su explosión de fuego, ya que no tenía nada que perder. Se concentró.

¡¡Kabuuumm!!

Los trolls quedaron aún más chamuscados que antes, y bastante más mosqueados, pero Calderaus aprovechó la confusión para zafarse de los grasientos dedos del troll:

—¡Ja, ja, monstruo peludo, no me coges...!

El troll, enfadado porque aquel molesto cuervo se le había escapado, descargó su rabia sobre Ratón.

—*¡¡¡Grrrrrr...!!!*

Aquello quería decir, en el complejo lenguaje de los trolls, que estaba muy, pero que muy enfadado.

Entonces Calderaus entró en acción: cogió una rama entre las garras y la acercó a la hoguera hasta que prendió; después alzó el vuelo y se fue derecho al troll que amenazaba a Ratón; el troll aulló y trató de espantárselo de encima.

Pronto reinó la más absoluta confusión en el claro. Calderaus se dedicaba a volar de aquí para allá persiguiendo a los trolls para darles con la antorcha encendida en el trasero, y los trolls corrían de aquí para allá escapando de él o persiguiéndolo para darle caza. Pronto el aire quedó inundado de olor a pelo de troll chamuscado.

—Vámonos de aquí –dijo Ratón.

Lila no necesitó que se lo dijese dos veces. Los dos se alejaron todo lo rápido que pudieron, teniendo en cuenta que estaban atados de pies y manos. Por eso avanzaban dando saltitos en la oscuridad, y pegándose algún que otro batacazo.

—¿Quién anda ahí fuera a estas horas? –refunfuñó al cabo de un rato una voz conocida.

La casa-seta se iluminó como una linterna, y el duendecillo se asomó a la ventana.

—¿Otra vez vosotros? ¿Es que no me vais a dejar dormir esta noche?

—Lo sentimos, señor.

—¡Cómo apestáis a troll, niños! ¡No me digáis que habéis tropezado con la familia Grurrr!

—Pues... eso parece. ¿Sería tan amable de desatarnos?

El duende salió de su casa y, en dos brincos, se plantó sobre las manos atadas de Ratón. Tras un buen rato trabajando con su diminuto pero afilado cuchillo, el chico quedó libre, y se apresuró a desatar a Lila.

—¡Bueno, ya está! –dijo el duende–. ¡Buenas noches! ¡Ah! Y un consejo: ¡daos un buen baño!

Y cerró de golpe la ventana.

La casa-seta se apagó, y Ratón y Lila se pusieron en marcha de nuevo y se perdieron en la oscuridad del Bosque-Tan-Peligroso-Que-De-Él-No-Vuelve-Nunca-Nadie.

* * *

Mientras tanto, la princesa Griselda y su tropa de héroes se habían detenido en los lindes del bosque.

—¡Mago real! –llamó Griselda.

Maldeokus compareció ante ella; su rostro aún estaba algo verdoso.

—¿Sí, alteza?

—¿Estás seguro de que han entrado ahí?

—Sí, alteza. Puedo sentir el poder que ese amuleto emana desde el fondo del bosque.

—Entonces no deben de ser muy listos –comentó Robustiano, el enano.

—¿Por qué? –preguntó la princesa.

El elfo Adelfo se adelantó, se aclaró la garganta y recitó:

—Dice la historia, que nadie se espante,
que este es el tan horrible, pavoroso
y terrible Bosque-Tan-Peligroso
Que-De-Él-No-Vuelve-Nunca-Nadie.
Nunca con vida volveremos a ver
a esos bribones que enojaron al rey.

Ni la princesa ni sus compañeros sabían por qué a los elfos les gustaba hablar en verso, pero estaban acostumbrados a las manías de Adelfo y entendieron enseguida lo que quería decir. Maldeokus gimió, dando ya por perdido el amuleto que podría convertirlo en el hombre más poderoso del mundo.

—Témome que determinéis adentraros en aquesta floresta, nobles amigos –dijo Baldomero, preocupado.

También él hablaba de forma peculiar; por algo era un caballero de la vieja escuela, y usaba palabras que habían pasado de moda hacía un montón de tiempo.

—¿Por qué? –se burló Robustiano–. ¿Es que tienes miedo?

—¿Qué insinuáis, mi buen enano? Preocúpame la seguridad de la princesa. ¡Mi honor desconoce qué cosa es el miedo!

—¡Basta ya, los dos! –intervino Griselda–. Rodearemos el bosque y los esperaremos al otro lado. Si logran salir, los capturaremos allí.

Y Maldeokus suspiró, aliviado.

6

El cubil de un dragón no es un buen sitio para pasar la noche

DE pronto se oyó un trueno y comenzó a llover a cántaros sobre el Bosque-Tan-Peligroso-Que-De-Él-No-Vuelve-Nunca-Nadie. Lila y Ratón corrieron a refugiarse en una enorme gruta, cuyas paredes estaban recubiertas de un extraño musgo que brillaba en la oscuridad. El túnel parecía muy largo, y se hundía en las entrañas de la tierra, pero Ratón pensó que era mejor no buscarse problemas, y se quedaron en la entrada, resguardados de la lluvia.

—Jo, qué aburrimiento –dijo Lila al cabo de un rato.

Ratón contemplaba con curiosidad el musgo fosforescente de la pared de roca. Cada plantita tenía un par de diminutos ojitos que lo miraban a él con la misma curiosidad.

—¡Voy a explorar! –soltó Lila, y se levantó de un salto.

Cuando Ratón pudo reaccionar, ella ya se había internado por el túnel. El muchacho se levantó y corrió detrás, refunfuñando por lo bajo.

La alcanzó un rato después. Lila se había detenido al final del túnel, justo a la entrada de una enorme caverna, y contemplaba el interior, fascinada.

—Mira –le dijo–. ¿Tú habías visto alguna vez tantas riquezas juntas?

Ratón se asomó, y se quedó sin aliento. El suelo de la caverna estaba recubierto de joyas de incalculable valor. Montañas de monedas de oro y plata se desparramaban alegremente por la cueva, como relumbrantes dunas en un desierto de lujo, mezcladas con enormes piedras preciosas: diamantes, zafiros, esmeraldas, rubíes...

Lila saltó al interior, encantada.

—¡Seguro que es la cueva de Alí Babá! –exclamó.

—¿De quién? –preguntó Ratón, siguiéndola.

—¡Del fundador del Gremio de Ladrones, hombre! ¿No conoces la leyenda? Alí Babá encontró un enorme tesoro en una cueva secreta; para que la puerta se abriese, había que decir: «¡Ábrete, Sésamo!».

—Nosotros no hemos dicho nada, Lila. La puerta estaba abierta.

—¡¡Y nadie os ha invitado a entrar!! –retumbó una voz terrible.

Ratón y Lila miraron a todos lados, aterrados. Una montaña de oro empezó a moverse y a levantarse, y a medida que subía, las monedas iban cayendo al suelo para descubrir lo que ocultaban debajo: una brillante piel escamosa de color negro.

Una gran cabeza de reptil, con cuernos y colmillos, cubrió el techo de la caverna.

—Hola –dijo el dragón.

Ratón y Lila dieron media vuelta y echaron a correr hacia la salida. Pero una enorme zarpa negra cayó frente a ellos, bloqueándoles el túnel. Estaban atrapados.

—He dicho *hola* –repitió el dragón–. Entráis en mi casa sin permiso y pretendéis marcharos sin saludar, ¿eh? Qué mala educación.

—Hola –dijo enseguida Ratón.

—Eso está mejor. Me presentaré: me llamo Colmillo-Feroz, y soy el terrible dragón del Bosque-Tan-Peligroso-Que-De-Él-No-Vuelve-Nunca-Nadie.

—Yo soy Ratón –se presentó el muchacho.

—Y yo soy Lila –dijo la niña.

El dragón los estudió con interés.

—Debo de estar haciéndome viejo –dijo luego, desilusionado–. Antes, el rey enviaba a sus caballeros más valerosos y a sus magos más poderosos para matarme. Y ahora me manda a dos niños. ¡Cómo ha bajado mi caché! –se lamentó.

—¿Matarte? –repitió Ratón.

Colmillo-Feroz señaló un rincón de la cueva donde se amontonaban restos de armaduras, espadas y escudos, junto con huesos humanos. Ratón tragó saliva.

—Todo el mundo quiere matarme –dijo el dragón–, porque me como a la gente. Pero los dragones también hemos de vivir, ¿no? Es como si los conejos quisiesen exterminar a todos los lobos del mundo.

—Nosotros no hemos venido a matarte –se apresuró a aclarar Ratón.

—¿Ah, no? Entonces..., ¿habéis venido de visita?

—Mmmpsssí.

El dragón se fijó en los bolsillos de Lila, rebosantes de joyas, y frunció el ceño.

—¡Mmmm! Menuda visita... ¡Vosotros queréis robarme!

—¡No, no, no! –se apresuró a responder Ratón–. Es que a mi amiga le gusta demasiado lo que no es suyo. Anda, Lila, devuelve eso.

—¡Lo he robado según el Código!

—Bueno, pero si no lo devuelves, puede que se te meriende de un bocado, ¿sabes?

Lila se vació los bolsillos rápidamente. Colmillo-Feroz la observaba con curiosidad.

—¿Por qué a los humanos os gustan tanto las joyas?

—No lo sé. Porque brillan, supongo. ¿Por qué los dragones acumulan tesoros?

—Porque necesitamos una cama para no dormir sobre la fría piedra.

—Pues usad sábanas, como todo el mundo.

—Las quemamos con nuestro aliento de fuego.

—¡Aaaah, vaya! No sabía eso.

Hubo un breve silencio.

—¡Menuda visita! –se quejó finalmente el dragón–. No me habéis traído nada para picar.

—Uy, pues venía con nosotros un cuervo que seguro que estaba riquísimo –comentó Lila–. Pero lo hemos dejado atrás.

Colmillo-Feroz sacudió la cabeza.

—Un cuervo es algo muy pequeño, niña.

—Pero este no era un cuervo normal: era un dos-en-uno. Un mago y un cuervo a la vez.

El dragón, que no era tan tonto como pueda parecer, entendió enseguida lo que Lila quería decir.

—¡Un mago transformado en cuervo! –dijo–. Qué cosas tan raras hacéis los humanos.

—No lo hizo a propósito –explicó Ratón–. Le salió mal el hechizo, y ahora no puede volver a ser humano.

—¡Mmmmm! –dijo Colmillo-Feroz–. ¿Y no conoce la Isla de los Magos Torpes?

—No lo sé. ¿Qué es eso?

—Un lugar donde pueden arreglarse todos los desaguisados provocados por culpa de la magia. Todos los hechiceros saben que, si un conjuro les sale torcido, allí pueden deshacerlo. Pero ahora, vayamos al grano –dijo de pronto, dedicándoles una sonrisa llena de dientes–: ¿quién va a ser el primero en ser devorado?

Antes de que Lila pudiera contestar, Ratón alzó las manos por encima de la cabeza y lanzó su hechizo estrella.

¡Kabuuumm!

Cuando el humo se disipó, el dragón seguía en la misma postura, mirándolo fijamente.

—No eres muy listo, ¿verdad? –le dijo.

Alargó la garra y los atrapó a los dos en un santiamén. Se quedó observándolos.

—El caso es que... tenéis muy poquita chicha –suspiró.

Abrió la puerta de una jaula de madera, sacó un esqueleto que había en el interior, la limpió un poco, así por encima, y los lanzó dentro.

—Os comeré por la mañana –dijo, cerrando la puerta–. A ver si tengo suerte y viene alguien a rescataros, y así mi desayuno será más copioso.

—Oye –le dijo Ratón–, tú no acumulas riquezas para dormir mejor, ¿no? Tú tienes este tesoro para que venga la gente a robarte, y así poder comer cómodamente sin tener que salir a cazar.

—¡Caramba, me has pillado! Pero no se lo digas a nadie, ¿eh? Uno tiene una reputación que mantener.

—¿Cómo se lo voy a decir a nadie, si me vas a comer mañana?

—Pues llevas razón. Es que, sabes, esto es muy aburrido. Nunca viene nadie a visitarme.

—Claro, si te comes a las visitas...

—Ya lo sé, es terrible. Pero de algo tiene que vivir uno, ¿no?

—¡Hoy todo el mundo quiere comerme! –protestó Lila–. ¡Y yo llevo todo el día sin probar bocado!

—Lo siento –dijo el dragón–. A veces comes, y a veces te comen. Así es la vida.

Y se tumbó pesadamente sobre su lecho de oro.

—Buenas noches, desayuno –dijo, y cerró los ojos.

Pronto sus ronquidos llenaron la enorme caverna.

* * *

—Oye, pues por aquí no pasa nadie –dijo Robustiano.

La tropa enviada por el rey descansaba alrededor de una hoguera, al otro lado del Bosque-Tan-Peligroso-Que-De-Él-No-Vuelve-Nunca-Nadie. Habían llegado allí rápidamente gracias a un hechizo de teletransportación de Maldeokus. Llevaban bastante rato esperando, y estaban ya comiéndose las uñas.

—Mira que si los han matado los trasgos... –dijo Robustiano.

—O los lobos –añadió el caballero.

—O tal vez los trolls,
¡qué desolación! –apuntó el elfo.

—O el terrible Dragón-De-La-Montaña –señaló Griselda; se levantó de un salto, dispuesta a correr a rescatarlos, pero se detuvo en el último momento, alicaída, recordando que su padre le había prohibido ir a cazar dragones hasta que fuera mayor de edad.

Maldeokus ya volvía a sufrir por el amuleto mágico.

—Acordemos retornar a nuestras moradas, nobles amigos –dijo Baldomero.

—¡El caballero tiene miedo, el caballero tiene miedo...! –se burló el enano.

—¿¡Cómo osáis dudar de mi valor!? Pero témome yo que dos infantes y un cuervo no hallarán refugio seguro en aqueste malhadado Bosque-Tan-Peligroso-Que-De-Él-No-Vuelve-Nunca-Nadie.

Quería decir, básicamente, que Ratón y sus amigos no saldrían vivos de allí. Hubo un breve silencio.

—Hombre, algo dificilillo sí que es –reconoció Robustiano.

—¿Qué hacemos, entonces?

Y cuatro pares de ojos se volvieron hacia la princesa Griselda, que, a pesar de que era la única mujer del grupo, o quizá precisamente por eso, era la que cortaba el bacalao allí.

—Esperaremos un poco más –decidió finalmente.

—¡Pues vaya! –se quejó el enano–. A ver, ¿quién quiere echar una partidilla de cartas?

7

Los objetos mágicos no se tocan

MIENTRAS tanto, Ratón y Lila seguían en la jaula del cubil del dragón, que roncaba a garra suelta.

—Tenemos que encontrar una forma de escapar –dijo Ratón.

—¡Ejem! –dijo la voz de Calderaus desde la oscuridad.

Lila examinaba el pestillo para ver si podía abrirlo desde dentro.

—Es un cerrojo de los buenos –comentó–. Es difícil hasta para mí.

—He dicho... ¡ejem! –insistió la voz de Calderaus desde la oscuridad.

—Pero tú, con tu hechizo –prosiguió Lila sin hacer caso del cuervo–, ¿no podrías chamuscar los barrotes?

—¿Y si se despierta el dragón? –respondió Ratón.

—Repito: ¡ejem! –repitió la voz de Calderaus desde la oscuridad.

Como seguían sin hacerle caso, el cuervo salió por fin de su escondite y bajó planeando hasta ellos.

—¡Atendedme de una vez! –exclamó–. No deberíais ignorarme así, porque he venido a rescataros.

Ratón y Lila lanzaron una carcajada.

—Pero si no eres más que un cuervo sin poderes –se rio Ratón–. ¿Cómo vas a sacarnos de aquí?

—Pues es sencillo –replicó Calderaus, muy digno–. Por suerte tenemos todo lo necesario para solucionar todos nuestros problemas: está el Maldito Pedrusco, estoy yo, estás tú con mis poderes... Así que no tengo más que enseñarte el contrahechizo para que lo pronuncies aquí mismo; entonces yo volveré a ser un mago con poderes y podré sacaros de aquí con mi magia...

—¿Crees que somos tontos? ¡Seguro que te largas con tu piedra y nos dejas aquí tirados!

—Que no, que no. ¿O es que tenéis una idea mejor?

—No –reconoció Ratón a regañadientes–. Vale, a ver ese contrahechizo.

Con cuidado y en voz baja, para que no se despertara el dragón, Calderaus le enseñó a Ratón las palabras mágicas que lo convertirían de nuevo en un mago con poderes.

Cuando se hubo asegurado de que se las sabía de memoria, Ratón se aclaró la garganta, cogió el amuleto entre las manos, cerró los ojos para concentrarse mejor y, lentamente, empezó a pronunciar el conjuro. Estaba terminando cuando una voz cavernosa inundó toda la cueva.

—¿Mmmmm...? ¡Por los colmillos de Smaug! ¿Quién viene a visitarme a estas horas?

Y la enorme cabeza escamosa del dragón se alzó entre los montones de oro para mirarlos fijamente, aunque con los ojos algo legañosos.

Ratón se desconcentró solo un momento; pero enseguida acabó de pronunciar las palabras, y del Maldito Pedrusco brotó un deslumbrante rayo de luz que iluminó toda la caverna.

—¡¡Aaaaarrrggg!! –gritó Colmillo-Feroz–. ¿Qué es esto, desayuno? ¿Qué estáis haciendo?

—¡¡Aaaaarrrggg!! –gritó Calderaus–. ¡Siento el poder del Maldito Pedrusco!

Cuando Ratón y Lila pudieron volver a abrir los ojos y miraron a su alrededor, no apreciaron ningún cambio a simple vista: seguía habiendo un dragón y un cuervo, aunque algo desconcertados los dos, eso sí.

El dragón se miró las garras, perplejo, y se asomó a un brillante escudo de oro para ver su imagen reflejada en él.

El cuervo se miró las patas, confuso, y luego se picoteó las alas para comprobar que aquello no era un sueño.

—¡Maldición! –gritó el dragón–. ¡Torpe aprendiz! ¡El contrahechizo te ha vuelto a salir torcido!

—¡Tres veces maldición! –gritó el cuervo–. ¡Desayuno, me las vas a pagar todas juntas!

—¡Ya nunca volveré a ser un mago! –lloriqueó el dragón.

—¡Ya nunca volveré a ser un dragón! –berreó el cuervo.

Lila y Ratón los miraban a uno y a otro mientras ellos lloraban a moco tendido.

—¿Qué ha pasado? –preguntó Lila.

—No estoy muy seguro –vaciló Ratón–, pero creo que Calderaus y el dragón han intercambiado sus mentes –explicó, presumiendo de entender mucho de esas cosas.

—¿Y eso qué quiere decir? –preguntó Lila, que de esas cosas no entendía.

—Que Calderaus está en el dragón, y el dragón, en Calderaus. Vamos, que ahora Calderaus tiene cuerpo de dragón, y Colmillo-Feroz tiene cuerpo de cuervo.

—¡Qué divertido! –exclamó Lila, encantada–. ¡Yo también quiero jugar a eso! ¿Puedo transformarme en un ornitorrinco?

—¡No tiene gracia, desayun..., quiero decir, niña! –rectificó Colmillo-Feroz, al darse cuenta de que ahora ya no podía comerse a Lila–. ¡Mira en qué me habéis convertido! ¿Vosotros creéis que un dragón serio puede tener esta pinta de cuervo? ¡Cómo se van a reír de mí mis parientes!

Y el pobre revoloteaba de un lado para otro, muy ofuscado.

—Míralo por el lado bueno –dijo Lila–. Ahora ya no tienes que ir por ahí comiéndote a la gente.

—Ejem... –tronó entonces la voz de Calderaus, y, esta vez sí, todos le hicieron caso.

El oscuro mago, convertido ahora en un enorme dragón negro, los miraba fijamente, con una sonrisa taimada en las fauces.

—Caramba, caramba –comentó–. Las cosas se ven distintas desde aquí arriba, ¿eh?

—Glups –hizo Lila.

—Oh, oh... –dijo Ratón.

Calderaus frunció el ceño y bajó hasta ellos la enorme y escamosa cabeza de su nuevo cuerpo. Sus colmillos estaban tan cerca de Ratón y Lila que su aliento por poco los tumba.

—¡Ja, ja! –rio, y ellos se estremecieron de pies a cabeza–. Me gusta mi nueva forma. Me siento muy muy poderoso.

—Pues ya verás si te gusta cuando empiecen a venir héroes y caballeros a clavarte lanzas y espadas en la tripa –comentó Colmillo-Feroz.

—¡Me los comeré!

—Se te quedarán los restos de las armaduras entre los dientes.

—¡Los destrozaré con mis garras!

—Te romperás las uñas.

—¡Los achicharraré con mi aliento de fuego!

—No te engañes: para echar fuego por la boca tienes que comerte primero un plato de hechicero-malasombra-con-pepinillos-picantes-en-salsa-de-guindilla. Y no te lo tomes a mal, pero sabe a rayos.

Calderaus abrió la boca para replicar, pero no se le ocurrieron más argumentos. Miró al cuervo Colmillo-Feroz, un poco desconcertado.

—Entonces, ¿no es un chollo ser un dragón?

—Hombre..., tampoco lo es ser un cuervo, qué quieres que te diga.

—Podríais ir a la Isla de los Magos Torpes –intervino Lila.

—¡Eh, que yo sigo aquí! –protestó Ratón, picado–. ¡Y puedo tratar de deshacer el hechizo!

—¡Ni se te ocurra! –Calderaus se estremeció desde los cuernos hasta la punta de la cola–. ¡A ver si la próxima vez termino convertido en cucaracha! Pero ¿qué es eso de la Isla de los Magos Torpes?

—Vaya mago, que no conoce la Isla de los Magos Torpes –se burló Colmillo-Feroz.

—Eso es porque yo he sido siempre un hechicero muy competente –replicó Calderaus, muy digno.

—Pues, si nos sacas de aquí, te lo cuento –propuso Lila.

Calderaus estiró la garra, intrigado, y de un zarpazo abrió la puerta de la jaula. En cuanto vio a los niños tan tiernos empezó a hacérsele la boca agua.

Colmillo-Feroz lo notó.

—Ajá, ¿lo ves? ¿Qué me dices del terrible apetito de un dragón?

—¡Calla y vete a picotear alpiste, pajarraco! –gruñó Calderaus–. A ver, niña, háblame de la Isla de los Magos Torpes.

Lila saltó ágilmente a la garra de Calderaus, y empezó a contarle todo lo que le había dicho Colmillo-Feroz sobre aquel lugar donde podían resolverse todos los problemas causados por la magia.

Ratón, que no tenía ganas de viajar tan lejos, se puso a pensar en un plan para escapar.

* * *

Mientras tanto, en los lindes del Bosque-Tan-Peligroso-Que-De-Él-No-Vuelve-Nunca-Nadie, la princesa Griselda se había hartado de esperar. Se levantó de un salto y se quedó mirando fijamente las sombras del bosque. Sentía al dragón, casi podía olerlo. Acarició la empuñadura de su espada y decidió que no esperaría más.

Volvió la cabeza hacia su tropa, que estaba reunida junto al fuego.

—Pareja de ases –decía Maldeokus.

—Véolo y subo dos mil –replicó Baldomero.

—¡Eh, eh, no vayas tan deprisa! –protestó Robustiano–. Me toca a mí.

—¡A ver todos, escuchadme! –llamó Griselda–. Necesito un voluntario.

—¿Para qué?

—Para entrar en el Bosque-Tan-Peligroso-Que-De-Él-No-Vuelve-Nunca-Nadie.

—¡¡¡Aaayyy, cómo me duelen los juanetes!!! –empezó a quejarse Maldeokus.

—*¡¡¡Uuuyyy, mis muelas, qué dolor tan espantoso!!!* –se lamentó el elfo–. *¡Yo no puedo ir al bosque tenebroso!*

—¡¡¡Oooyyy, cuán grande es el mal que aqueja a mi desventurada panza!!! –añadió Baldomero.

—¡Miedicas, miedicas! –se burló Robustiano–. Yo te acompañaré, princesa.

Y el enano se encasquetó su casco con cuernos sobre la calva, enarboló su terrible hacha y se plantó junto a Griselda. No tardaron en adentrarse los dos en las sombras del Bosque-Tan-Peligroso-Que-De-Él-No-Vuelve-Nunca-Nadie.

Los otros héroes se quedaron un momento parados, sin saber qué hacer, hasta que Maldeokus cogió de nuevo la baraja.

—Qué, ¿otra manita?

8

Nunca confíes en un trasgo

—¡MAGNÍFICO! –aulló Calderaus–. ¡Nos vamos a la Isla de los Magos Torpes! ¡Hala, hala, en marcha!

—¿Y quién cuidará de mi tesoro? –gimió el cuervo, Colmillo-Feroz.

—¡Yo! –se ofreció Lila.

—No, ni hablar, tú no, que seguro que me lo robas todo.

—¡Yo! –dijo Ratón.

—No, tú tampoco –intervino Calderaus–. Tienes que venir conmigo, porque tú tienes mis poderes, y yo quiero recuperarlos.

—Pues, si nadie cuida de mi tesoro, ¡yo no voy! –se plantó el cuervo.

—Pues, si no vienes, nunca podrás volver a ser un dragón.

Colmillo-Feroz se miró las plumas y suspiró. Luego miró a Calderaus y volvió a suspirar. Y, por último, miró su gran tesoro, y suspiró por tercera vez.

—Está bien, vámonos –decidió por fin.

Salieron al exterior. Ya había amanecido y, bajo la luz del sol, el Bosque-Tan-Peligroso-Que-De-Él-No-Vuelve-Nunca-Nadie no parecía Tan-Peligroso-Que-De-Él-No-Vuelve-Nunca-Nadie.

—Bueno –dijo el dragón–, ¿por dónde se sale de aquí?

Mientras Colmillo-Feroz se lo explicaba, Ratón y Lila empezaron a dar pequeños pasitos hacia atrás, aprovechando que Calderaus no miraba.

—¡Pssst, niños! –se oyó entonces una voz desde la espesura.

Ellos miraron a todas partes, y vieron que de un matorral salía una pequeña mano oscura de largas uñas que les indicaba que se acercaran.

—¡Por aquí! –les dijo la voz.

—¿Por dónde?

—¡Pues por aquí, caramba!

Ratón y Lila cruzaron una mirada. No se fiaban mucho de una mano a la que no le veían la cara.

—¿Y adónde vamos por ahí?

—¡Lejos del terrible Dragón-De-La-Montaña!

—No creas, no es tan terrible. Si yo te contara...

—¡Maldición! –refunfuñó la voz–. ¿Os vais a dejar rescatar, sí o no?

—¡Niños! –tronó de pronto Calderaus–. ¿Se puede saber qué estáis haciendo?

Ratón y Lila dieron un salto del susto. La mano misteriosa agarró entonces a Ratón y tiró de él...

... Y, sin saber muy bien cómo, el chico cayó en un agujero más oscuro que la boca de un lobo. Resbaló por el túnel a una velocidad endiablada, hasta que fue a dar con sus huesos sobre un colchón de paja. Se puso en pie de un salto y miró a su alrededor. Junto a él había un hombrecillo de unos veinte centímetros de altura, todo vestido de oscuro, con las orejas tan puntiagudas como el pequeño gorro que llevaba sobre la cabeza. Su piel era de color pardusco; su pelo, muy negro, y bajo sus pobladas cejas relucían unos ojillos pequeños y redondos como botones.

—Y tú, ¿quién eres?

—Soy un trasgo.

—¡Ah! Yo soy Ratón.

Hubo un largo silencio. Entonces, el trasgo le dijo:

—Bueno, ¿no me vas a dar las gracias por haberte rescatado?

—¿Dónde está Lila?

—No he podido traerla. La hemos dejado atrás.

—Pues vaya rescate. ¿Podrías llevarme arriba otra vez?

El trasgo arrugó la nariz, disgustado, pero no dijo que no. Se metió por un túnel, y Ratón lo siguió.

Dieron vueltas y más vueltas hasta que, finalmente, salieron a la superficie. Ratón saltó fuera del agujero, se sacudió la tierra de la ropa y miró a su alrededor.

—¿Dónde estamos?

—Cerca del límite del Bosque-Tan-Peligroso-Que-De-Él-No-Vuelve-Nunca-Nadie.

Si Lila hubiese estado con él, Ratón se habría alegrado mucho de oír estas noticias. Pero le preocupaba un poco que su amiga se hubiese quedado atrás.

—¿Qué pasa? –refunfuñó el trasgo–. ¿Es que no me lo vas a agradecer?

—Bueno, gracias. Encantado de conocerte, y hasta pronto.

Y Ratón se dio media vuelta y se puso en marcha. El trasgo echó a correr tras él y se colgó de su camisa.

—¡Espera, espera! ¿Adónde vas?

—Vuelvo a buscar a Lila.

El trasgo se dejó caer al suelo, y lo miró, pensando que le tomaba el pelo. Pero Ratón seguía caminando, así que apretó el paso y volvió a colgarse de su camisa.

—¡Espera, espera! ¿Y si te come el dragón?

—No va a comerme. Me necesita para dejar de ser un dragón.

El trasgo se descolgó otra vez y se lo quedó mirando, sin comprender. Pero, al ver que Ratón se dirigía a lo más profundo del bosque, se apresuró a correr tras él, y se enganchó de nuevo a su camisa.

—¡Espera, espera!

—Y ahora, ¿qué quieres?

—Yo puedo llevarte otra vez donde el dragón.

—¿Por qué tienes tanto interés en ayudarme?

El trasgo se dejó caer; intentó contestar, pero se le trabó la lengua.

—Pu… pues… po… porque… me… me caes bien. ¡Sí, eso es! Porque me caes muy bien.

Pero Ratón no lo escuchaba. El trasgo volvió a colgarse de su camisa.

—¡Espera, espera!

—Pero ¿qué bicho te ha picado a ti?

Ratón trató de quitárselo de encima, pero esta vez el trasgo no se soltó.

—Es que te equivocas de camino: es por ahí.

Ratón se paró en seco y miró, dudoso, en la dirección que le señalaba el trasgo. Finalmente se encogió de hombros y decidió hacerle caso. Caminó un buen rato, con su nuevo amigo aún colgado de su camisa, hasta que oyó una voz conocida.

—¡Vaya, pero si es mi exdesayuno! ¿Qué haces aquí?

Ratón miró hacia arriba. Posado sobre una rama se hallaba el cuervo que antes había sido un dragón.

—Hola, Colmillo-Feroz.

—Calderaus te está buscando. Está muy enfadado y... ¡vaya, por las garras de mi bisabuelo!, ¿qué llevas ahí?

El pequeño trasgo trataba de ocultarse entre los pliegues de la camisa de Ratón, pero era tan negro que el cuervo lo vio enseguida.

—Es un trasgo –explicó Ratón.

—Ya veo. ¿Sabes una cosa, hijo? No debes fiarte de los trasgos: por unas monedas de oro venderían hasta a su abuela.

—¡Yo no soy así! –chilló el trasgo–. ¡Yo soy un trasgo muy bueno!

—Me llevaba otra vez hacia tu cueva. Íbamos a rescatar a Lila.

—Pues te llevaba por el camino equivocado: vais hacia la salida del bosque.

Ratón miró al trasgo, que se puso todo rojo, más rojo que un tomate. Iba a quitárselo de encima de una vez por todas cuando, de pronto, la voz de Calderaus tronó por encima de las copas de los árboles.

—¡¡Aprendiz traidor y chaquetero!! Te me has escapado, pero no vas a ir muy lejos.

Una sombra planeó sobre ellos. Era Calderaus, que sobrevolaba el bosque buscando a Ratón.

—No podrá aterrizar aquí, con tantos árboles –le dijo Colmillo-Feroz a Ratón en voz baja.

—¡¡Aprendiz ingrato y desleal!! –rugió de nuevo Calderaus–. ¡Tengo a tu amiga y, si no acudes a mi encuentro..., me la comeré! Grita, niña, que te oiga.

La voz de Lila sonó desde arriba:

—¡¡Ratóóón!! ¿Estás ahí? ¡Esto es genial! ¡Estoy volando sobre el lomo de un dragón!

—¡Así, no! –la riñó Calderaus–. Estás secuestrada, ¿es que no lo entiendes? ¡Y te voy a comer!

Ratón y Colmillo-Feroz cruzaron una mirada. Calderaus planeaba de nuevo sobre ellos.

—¡Así que escúchame bien! –gritó desde arriba–. ¡Te propongo un cambio: yo la dejo libre y tú te vienes conmigo a la Isla de los Magos Torpes! ¡Si estás de acuerdo, acude al límite del bosque al anochecer! ¡Si no vienes, me la zamparé de un bocado!

El dragón se alejó de ellos. Ratón aún oyó su voz en la lejanía.

—¡Recuerda: en el límite del bosque, al anochecer!

—¿Ves como yo te llevaba al sitio correcto? –susurró el trasgo.

—No parece un buen tipo –comentó Colmillo-Feroz, refiriéndose a Calderaus–. ¿Qué vas a hacer?

—Lo acompañaré hasta la isla. Cuando sea otra vez un mago con poderes, me dejará en paz.

—Pues yo voy contigo. Cuando recupere mi forma de dragón, se la va a ganar, por causarme tantos dolores de cabeza. ¡Con lo bien que estaba yo en mi cueva, durmiendo sobre mi cama de oro!

Al oír la palabra «oro», los ojillos del trasgo brillaron siniestramente.

—¡Venga, deprisa! –los apremió–. Tenemos que acudir a la cita.

Colmillo-Feroz lo miró sin fiarse un pelo; pero Ratón tenía prisa, y no tardó en ponerse en marcha. Guiados por el trasgo, pronto llegaron al límite del bosque.

—Es por aquí –dijo Colmillo-Feroz.

—No, por aquí –discrepó el trasgo, señalando otra dirección.

—¡Poneos de acuerdo! –protestó Ratón.

—¡Manos arriba! –dijo entonces la voz de la princesa–. ¡Quedas preso en nombre del rey!

Ratón miró a su alrededor: estaba rodeado por el grupo de héroes de la princesa Griselda, que le apuntaban con sus armas.

—Pues al final sí que ha sido útil el bicho este... –comentó el enano, dándole unas monedas al trasgo–. Gracias, majo, por haberlos traído hasta aquí. Hasta otra.

El trasgo agarró las monedas de oro y en dos saltos se perdió en la espesura.

9

A los caballeros no les sienta bien que se dude de su palabra

RATÓN pensó que, con tantos héroes juntos, había más bien poco que hacer, así que dejó que Griselda le atase las manos a la espalda. A pesar de todo, le dijo:

—Oye, que yo no he hecho nada.

—¡No os doy licencia para hablar! –rugió el caballero Baldomero–. Hállase el rey muy enojado con vos, bellaco, porque su morada perturbasteis.

Ratón parpadeó, desconcertado.

—Quiere decir que el rey está enfadado porque montaste un buen lío en palacio –aclaró Griselda.

—¡Ah, eso! Pero ¡si yo no empecé! ¡Fue Maldeokus, que me retó a un duelo de magia!

Maldeokus se escondió enseguida detrás de la princesa. Desde allí, se defendió chillando:

—¡Porque tú querías robarme el Maldito Pedrusco!

—¿Maldito Pedrusco? –repitió la princesa Griselda, extrañada.

—Sí, se llama así porque...

—¡Era de Calderaus! –intervino Ratón.

—¿De quién? –preguntó la princesa, algo liada.

Maldeokus no supo qué decir durante un momento, pero no tardó en seguir protestando:

—¡Pero Calderaus lo quiere para convertirse en el hombre más poderoso del mundo!

—¿Y para qué lo quieres tú?

Maldeokus volvió a callarse. Los héroes miraban a uno y a otro, como si estuviesen viendo un partido de tenis.

—¡Bueno, vale! –admitió el mago a regañadientes–. Pero ¡tú te has cargado las armaduras del rey!

—Sí, pero... –empezó a protestar Ratón; pero el caballero lo agarró por el cuello y lo levantó en alto.

—¡Ajajá, villano, traidor, pérfido, infiel, fementido, alevoso...! –rugió–. ¡Las palabras que salen de tu boca te han condenado!

—¡Fue en defensa propia! Además, ¡ese mago quiere convertirse en el hombre más poderoso del mundo!

—¿Y qué? Todos los magos quieren convertirse en el hombre más poderoso del mundo –intervino Robustiano, cruzándose de brazos–. Y no van por ahí rompiendo armaduras.

—Pero él va por ahí convirtiendo a la gente en helados de piña.

—Eso es verdad –comentó Griselda.

Baldomero miró primero a Ratón y luego a Maldeokus.

—Fue un conjuro chiquitito –se excusó el mago, poniéndose colorado–. Se me escapó sin querer.

El caballero frunció el ceño.

—¡No trates de burlarnos! –le gritó a Ratón–. ¡Tú eres el culpable de aqueste desconcierto!

—¡No, no y no! No sé para qué hablas de lo que no sabes –refunfuñó Ratón entre dientes.

El caballero se puso rojo como un tomate y se le hincharon las narices. Griselda se tapó la cara para no mirar: conocía a Baldomero, y sabía que eso significaba que estaba a punto de estallar.

—¿¡¡Dudas de mi palabra, villano!!? –soltó.

Ratón tardó un poco en reaccionar, porque el grito del caballero había estado a punto de dejarlo más sordo que una tapia.

—Yo no he dicho eso.

—¡Ah, felón! ¡Has dudado de la honorabilidad de mi honorable palabra, y hágote saber que eso es deshonorabilizar el honor de un caballero tan honorable como yo! –lo soltó y desenvainó su espada–. ¡Prueba presto el filo de mi acero, bribón!

—¡Alto!

Griselda se interpuso entre Ratón y el caballero. La espada se detuvo a escasos centímetros de su cabeza.

—¡Teneos, princesa! –bramó el caballero–. ¡El villano ha de pagar caro su atrevimiento!

Pero Griselda no se movió del sitio.

—¡Baldomero, pórtate bien! –le riñó.

Baldomero titubeó. Miró a Ratón, luego a Griselda y, finalmente, suspiró y envainó la espada.

—Así me gusta.

—¡Mas él ha dudado de mi palabra! –lloriqueó Baldomero, señalando a Ratón.

—Y tú crees que soy malvado como Calderaus –replicó él–, pero la verdad es que me ha secuestrado.

Y les contó a los héroes cómo había interrumpido el ritual en la posada del Ogro Gordo, cómo Calderaus se había convertido en cuervo, cómo él tenía ahora sus poderes, cómo les habían robado el amuleto y cómo, buscándolo, habían ido a parar al Gremio de Ladrones y a la corte.

Griselda suspiró y movió la cabeza.

—Baldomero, te has pasado un pelín...

Y el caballero bajó la cabeza, avergonzado.

Entonces intervino Maldeokus.

—Bueno, pero ¿y el Maldito Pedrusco? ¿Dónde está?

—Lo tiene Lila.

—¿Y dónde está Lila?

—Con el dragón.

Los ojos de la princesa brillaron ilusionados.

—¡Un dragón! –exclamó–. ¡Sabía que había un dragón por aquí cerca!

—¡Qué pena, qué pena! –gimió Maldeokus–. ¡Seguro que ya se la ha comido!

—Te agradezco que te preocupes tanto por ella –dijo Ratón, conmovido.

—¿Por ella? ¿Qué dices? ¡Estoy preocupado por el amuleto mágico! ¿Tú sabes lo difícil que va a ser rescatarlo de las tripas de un dragón?

—¡Hay que derrotar al dragón y rescatar a la doncella! –decidió Griselda, dando saltitos de emoción.

—Ah, no, ¡por mi honor! –intervino Baldomero–. Hágoos saber, princesa, que el rey desea manteneros lejos de aquestas sierpes.

—¿Habéis oído? ¡El caballero es un miedica! –se burló el enano.

Baldomero rugió y desenvainó la espada. Robustiano dio un salto y echó a correr, y el caballero detrás. Mientras él perseguía al enano, que aún iba mondándose de risa por todo el claro, la princesa Griselda se plantó frente a Ratón.

—¡Yo iré a rescatarla! –exclamó–. Seguro que mi padre entenderá que había que salvar a la doncella de las garras del dragón.

—No hace falta, princesa –dijo Ratón–. Acudiré a la cita, y Calderaus liberará a Lila.

Ella puso cara de no entender muy bien lo que estaba pasando.

—Me da igual –decidió–. Yo voy a ir a matar a ese dragón.

—¿Por qué? –protestó Colmillo-Feroz–. ¿Qué te he hecho yo, eh?

—Y a este cuervo, ¿qué le pasa? –preguntó Griselda, que cada vez entendía menos.

—¡Yo no soy un cuervo! –chilló Colmillo-Feroz–. ¡Yo soy un dragón!

Todos lo miraron fijamente. Hasta Baldomero dejó de perseguir al enano.

—¡Es verdad! –protestó Colmillo-Feroz–. ¡Yo soy el terrible Dragón-De-La-Montaña!

Y entonces todos estallaron en carcajadas. Colmillo-Feroz se puso rojo de rabia y de vergüenza cuando vio a todos aquellos héroes retorcerse de risa a su costa.

—Vamos, Calderaus –dijo Maldeokus, aún carcajeándose–. No nos tomes el pelo, cernícalo escandaloso.

—¡Yo no soy Calderaus! –rugió Colmillo-Feroz.

—Tiene razón –intervino Ratón, y le explicó a Maldeokus lo que había ocurrido.

Según iba contándole cómo el dragón se había transformado en cuervo, y cómo Calderaus se había transformado en dragón, Maldeokus iba poniéndose cada vez más y más blanco. Seguramente se acordaba de todas aquellas viejas rencillas que ambos magos tenían pendientes.

—Esto... princesa... –dijo–. Creo que lo mejor será olvidarnos de todo este asunto y volver a la corte.

—Parece que ese mago, que antes era un cuervo y ahora es un dragón, es el responsable de todo –comentó Griselda, pensativa–. Entonces, habrá que ir a darle caza, ¿no?

—¿Quién va a cazar a quién? –rugió una voz justo encima de ellos.

La gigantesca cabeza de dragón de Calderaus descendió sobre los héroes y sus prisioneros. A todos se les pusieron los pelos de punta, menos a Colmillo-Feroz, que lloriqueó, señalando a Calderaus.

—¡Mirad! ¡Yo era así de grande y de guapo, y ahora soy un pajarraco sin dientes!

Pero los otros no estaban en situación de compadecerlo. Calderaus sonreía al mirarlos, y no era una sonrisa agradable.

—¡Caramba, caramba! –dijo, dirigiéndose a Ratón–. Bonita reunión. Veo que has acudido a la cita, aprendiz. Muy bien, muy bien. ¿Preparado para el viaje?

10

No intentes hacer razonar a un enano

—¿ÓNDE está Lila? –preguntó Ratón.

La expresión de Calderaus cambió por completo. Pasó de ser un dragón amenazador a ser un dragón sufrido y mortificado. Bajó un poco la cabeza y todos pudieron ver que Lila se había encaramado sobre su cresta de negras agujas, y lo espoleaba, gritando:

—¡Arre, arre, dragoncito! ¡Vuela un poco más!

—Por favor, hagamos el cambio rápido –suplicó Calderaus.

Entonces se fijó en Maldeokus, que se había escondido tras el caballero, y sonrió otra vez.

—¡Vaya, pero si es el mago real! ¿Cómo te va, lechuzo de corte?

Maldeokus reaccionó ante el insulto.

—¡Mejor que a ti, orangután engreído!

Pero la cabeza de Calderaus bajó tan cerca de Maldeokus que podría habérselo zampado de un bocado sin el menor esfuerzo.

—¿Cómo has dicho, vieja polilla inmunda?

De pronto Maldeokus consideró que tenía que cambiar sus modales.

—Ejem..., pues nada..., que me va muy bien, querido amigo..., pero no tan bien como a ti, por lo que veo..., tan poderoso..., tan magnífico..., tan inconmensurable..., tan... tan...

—Tan dragón –lo ayudó Calderaus, amablemente.

Se relamió en las mismísimas barbas de Maldeokus, que empezó a temblar como un flan.

—Me han dicho que te vas de vacaciones a la Isla de los Magos Torpes, Calderaus –dijo, para distraerlo y ganar tiempo.

—Sí, así es. ¿Y qué?

—Sabes cómo llegar hasta allí, ¿no? –tanteó Maldeokus.

Calderaus se puso tieso y miró a Colmillo-Feroz, que negó con la cabeza.

—¿No lo sabes? –dijo Maldeokus, sin acabar de creerse su buena suerte–. ¿Y el pajarraco tampoco?

—¡No, no lo sé! –admitió Calderaus a regañadientes–. ¿Por qué?

—Bueno, porque yo..., ¡ejem!, sí que sé dónde está, ¿sabes? Y podría guiarte, si, ¡ejem!, si tienes a bien no comerme, mi muy poderoso amigo.

Calderaus lo miró como si fuese un piojo, pero consideró la propuesta. Y aunque tenía tantas ganas de comerse a Maldeokus que se le hacía la boca agua solo de pensarlo, dijo finalmente:

—Está bien, sabandija con barbas. Vendrás con nosotros a la Isla de los Magos Torpes. Mi aprendiz vendrá también, y pronto yo seré... ¡el mago más poderoso del mundo, ja, ja, ja, ja!

Su risa era tan siniestra que todos se estremecieron de pies a cabeza. Pero la princesa Griselda se repuso enseguida.

—¡No te saldrás con la tuya, malvado dragón! –lo amenazó, mientras el elfo y el caballero la sujetaban para que no se lanzara contra él.

—¡No os perdáis, princesa! –la detuvo Baldomero–. El rufián ha cometido un gran yerro. ¡Ahora que nos ha desvelado sus infames propósitos, podremos contárselos al rey!

Calderaus los miró con interés, pensando que serían un buen aperitivo; pero, de pronto, recordó lo que había dicho Colmillo-Feroz sobre las armaduras que se quedan entre los dientes, y decidió que esperaría a que el caballero y la princesa se quitasen las suyas, por si acaso.

—¡Ah! –dijo–. ¡Conque esos son tus planes: contarle los míos al rey!

Baldomero se dio cuenta enseguida de que había metido la pata, y se quedó blanco como el papel.

—¡Bocazas, que eres un bocazas! –gruñó el enano.

—¡Es cierto! –decía el dragón–: ¡si os dejo libres, me delataréis ante el rey! Veamos..., tendré que devoraros, entonces.

—¡Los enanos tenemos la carne muy dura! –se apresuró a informarle Robustiano.

—*¡Los elfos somos todo huesos y piel!* –añadió rápidamente Adelfo–. *¡No hallarás en mí nada para comer!*

—¡Y los cuervos solo tenemos huesos y plumas! –dijo Colmillo-Feroz.

—¡Un caballero nunca acomete una gesta sin vestir su armadura! –le recordó Baldomero.

—¡Y yo soy la hija del rey! –exclamó Griselda–. ¡Atrévete a comerme y te haré picadillo las tripas!

—¡Yo tengo tu amuleto mágico! –intervino Lila.

—¡Y yo, tus poderes! –dijo Ratón.

—¡Y yo sé dónde está la isla! –añadió Maldeokus.

—¡Y yo no he oído nada de nada! –se oyó la voz del trasgo desde la espesura.

Calderaus miraba a unos y a otros, muy ofuscado.

—Pero ¿qué ocurre aquí? –berreó–. ¿Es que no me voy a poder comer a nadie? Pues entonces, está decidido: ¡nos iremos todos a la Isla de los Magos Torpes!

Y los incordió para que recogieran el campamento y emprendieran la marcha. Pronto, el singular grupo caminaba, vigilado de cerca por el dragón, hacia las costas del reino. Tres días más tarde llegaron a una aldea pesquera que estaba completamente desierta porque los lugareños habían puesto pies en polvorosa al verlos llegar.

Había un pequeño barco junto al muelle, pero ni rastro de la tripulación.

—Es que no puedes ir por ahí con esa pinta, Calderaus –comentó Lila–. Así, claro, todos huyen de ti.

—Ya huían de él cuando era humano –dijo Maldeokus–. El aspecto siniestro le sale natural.

Calderaus le disparó una mirada tan terrible que el mago fue rápidamente a esconderse detrás del caballero.

Todos miraban el barco sin saber muy bien qué hacer.

—*Yo, de joven, navegaba en un velero* –se le ocurrió decir a Adelfo–; *soy de una familia de elfos marineros.*

Ocho pares de ojos se clavaron en él; Adelfo, al darse cuenta de lo que había dicho, intentó esconderse detrás de Baldomero; pero se encontró allí con Maldeokus, que le dijo:

—¡Búscate otro escondite, que este ya está ocupado!

Adelfo corrió entonces a ocultarse tras la princesa; pero Calderaus ya se había fijado en él.

—¡Solucionado! –decretó–. El elfo será el capitán de este barco, que a partir de hoy se llamará... *¡Calderaus I!*

—Tú no cabes en el barco, Calderaus.

—Pero os vigilaré desde el aire, ¡y ay, como os desviéis un pelo de la ruta!

Uno por uno, los del grupo fueron subiendo al *Calderaus I.* El dragón se había plantado junto a la escalerilla y pasaba lista según iban embarcando.

—A ver..., una ladrona..., un aprendiz..., una princesa..., un mago..., un cuervo..., un caballero..., un elfo... ¿eh? ¡Me falta alguien!

Calderaus miró a su alrededor y descubrió un par de cuernos que sobresalían tras un bote de madera que había sobre el muelle. Al asomar la cabeza vio allí, agazapado, al enano Robustiano.

—Hola –lo saludó.

Robustiano pegó un salto.

—¿Cómo me has descubierto?

—Se te ven los cuernos del casco.

—¡Mecachis! ¡Siempre me pasa lo mismo!

Robustiano se quitó el casco y lo tiró al suelo, muy enfadado. Calderaus carraspeó y dijo:

—Bueno, basta de jueguecitos. Es hora de embarcar.

Pero el enano plantó bien los pies, cruzó los brazos, levantó la barbilla, lo miró con decisión y soltó:

—No me da la gana.

El dragón parpadeó, sorprendido.

—¿Cómo has dicho?

—Que no pienso subir ahí.

Calderaus rugió, y el suelo tembló.

—Que no, que no y que no –insistió Robustiano.

Calderaus sacó las garras.

—Que no, que no y que no.

Calderaus echó humo negro y pestilente por las narices.

—Que no, que no y que no.

Calderaus golpeó el muelle con la cola.

—Que no, que no y que no.

Calderaus se echó a llorar de desesperación.

—¡Jo, vaya birria de dragón estoy hecho! ¡Nadie me hace caso!

La princesa Griselda desembarcó y se acercó a Robustiano.

—A ver, ¿qué te pasa? ¿Por qué no quieres venir?

—Porque los de mi raza nunca nunca nunca nos hacemos a la mar.

—¿Y eso por qué? ¿Es porque vuestras costumbres os lo prohíben?

—No, es porque nos mareamos y echamos por la borda hasta la primera papilla.

Calderaus se rascó la cabezota, para ver si conseguía sacar de ella alguna idea brillante.

—¡Ya está! –dijo por fin–. Viajarás sobre mi lomo.

—Que no, que no y que no –se plantó Robustiano–. Si ya me mareo en el mar, imagínate en el aire.

De pronto, se oyó un sonoro ¡croc! y el enano cayó al suelo, viendo a su alrededor las estrellas, los planetas y el cometa Halley.

—Hemos de partir con gran premura –se excusó Baldomero, guardando la porra que llevaba escondida bajo la armadura; como Robustiano se había quitado el casco, le había acertado de lleno.

Cargaron con Robustiano y lo subieron al barco sin contemplaciones.

Y al despuntar el alba, puntual como la alergia primaveral del rey, el *Calderaus I,* capitaneado por Adelfo y vigilado desde el aire por Calderaus, se hizo a la mar, en busca de la Isla de los Magos Torpes.

11

No escuches el canto de las sirenas

NAVEGARON durante siete días y siete noches, sin novedad. Lila descubrió que le gustaba ser vigía, y se pasaba las horas muertas encaramada al palo mayor. Ratón y Baldomero pescaban atunes desde la popa; Adelfo y Griselda estudiaban la ruta que debían seguir; de vez en cuando, tenían que preguntarle a Maldeokus si torcían a la derecha o a la izquierda, lo cual no era tan sencillo, porque el mago se pasaba la mitad del tiempo con Robustiano, asomados los dos a la borda, con el rostro verdoso; y es que el enano no era el único que se mareaba en los barcos. Calderaus los seguía desde el aire, y Colmillo-Feroz pasaba día y noche colgado en el mástil, muy serio y tieso, añorando su cueva con su lecho de oro, mirando cómo volaba Calderaus y pensando que se las pagaría todas juntas en cuanto él volviese a ser un dragón de verdad.

Hasta que un día Lila bajó corriendo al camarote del capitán.

Adelfo estaba hablando con Griselda sobre si pararían en las Islas de las Hadas, cuando notó que alguien le tiraba de la manga. Miró hacia abajo y vio a Lila con carita-de-preocupada.

—*¿Qué ocurre, pequeña humana?*
¿Qué te tiene tan turbada?

—Es que hay algo muy grande, muy feo y muy negro en el cielo...

—*Niña, no hay nada que temer.*
Calderaus no nos va a comer.

—No, no es Calderaus. Es mucho más grande, mucho más negro y mucho más feo. Aún está lejos, pero se acerca a nosotros muy deprisa...

Y puso su carita-de-asustada. Adelfo salió corriendo a cubierta, sin darse cuenta de que alguien le acababa de robar su bonito reloj de sol.

—*¡Marineros, a cubierta subid ya!* –gritó–. *¡Se acerca una terrible tempestad!*

De pronto, se oyó un trueno y empezó a llover a cántaros. En menos que canta un gallo, toda la tripulación del *Calderaus I* estaba calada hasta los huesos.

—Y ahora, ¿qué hacemos? –preguntó Maldeokus.

Todos miraron a Adelfo, que se puso colorado de pronto. Eso no le impidió, sin embargo, responder en verso como siempre.

—*No sé qué decir ni qué hacer;*
nunca en la mar había navegado,
mi velero yo llevaba por un lago
y nunca lo saqué de él.

—¡Aaaaaaaaarggg! –gritó Robustiano–. ¡Tenía que haberme quedado en tierra, lo sabía!

—¡Aaaaaaaaarggg! –se lamentó Maldeokus–. ¡Vamos a morir todos ahogados!

De pronto, una ola gigante barrió la cubierta, y, antes de que pudieran darse cuenta, los tripulantes del *Calderaus I* estaban chapoteando en la mar salada.

—¡Socorro, no sé nadar! –aullaba el mago.

—¡Socorro, yo tampoco! –gritaba el enano.

—¡Socorro, húndeme mi gravosa armadura hasta el fondo! –decía el caballero.

Baldomero y Robustiano se subieron a un tonel que flotaba; Maldeokus iba a hacer lo mismo, pero de pronto algo le agarró del pie y tiró de él hacia abajo.

—¡Socor..., glub, glub!

Y el mago desapareció bajo las aguas. Ratón no tuvo tiempo de ayudarlo, porque de repente algo tiró de él también y lo hundió en el fondo del mar.

—¡Eh, eh! –protestó Calderaus desde arriba, mientras intentaba ver, entre la lluvia torrencial, lo que estaba pasando sobre el mar–. ¡Que sois mis prisioneros! ¿Adónde vais?

Pero una ráfaga de viento huracanado lo arrastró lejos de allí.

Mientras tanto, Ratón intentaba volver a la superficie; pero se enredó en unas algas muy suaves, de color azul, y vio cerca de él la cara de una niña que le sonreía.

—Hola –dijo la niña, con una risita.

Ratón quiso decir también «Hola», pero de su boca solo salieron burbujas.

La niña volvió a reírse. Ratón intentó nadar lejos de ella, pero enseguida se vio envuelto en algas de color verde, rojo y fucsia, que le hacían cosquillas en la nariz.

—¡Eh! –protestó una voz, y pronto apareció ante él otro rostro de niña.

Ratón descubrió que las algas no eran algas, sino matas de pelo. Varias niñas nadaban a su alrededor con elegancia, arrastrando tras de sí largas cabelleras de colores.

—¿Quiénes sois?

—Somos sirenas.

Y Ratón vio entonces que las niñas nadaban con hermosas colas de pez. Se vio cada vez más enredado entre sus cabellos y pataleó para liberarse, pero no lo consiguió. Mientras seguía escuchando las burbujeantes risas de las sirenas, pensó de pronto que ya no le parecían tan guapas ni tan simpáticas.

* * *

Entretanto, en la superficie del mar, el tiempo se había calmado un poco. Griselda y Lila habían encontrado refugio sobre unos tablones, restos del malogrado *Calderaus I*.

—¿Ves algo? –preguntó la princesa.

Lila, muy en su papel de vigía, escudriñaba el horizonte.

—No, solo agua por todas partes. Ni siquiera está Calderaus dando la lata desde arriba.

—¡Vaya! Y ahora, ¿qué vamos a hacer?

Un rayito de luz asomó entre las nubes. Lila sacó un reloj de sol para consultar la hora.

—¡Hala, qué bonito! –comentó Griselda–. ¿De dónde lo has sacado?

Lila se puso colorada.

—Pues... –empezó, pero calló de pronto, porque notó que algo topaba con su tablón.

Una cara bigotuda asomó cerca de ellas.

—¡Es una foca! –dijo Griselda.

—Sí, soy una foca –dijo la foca, y las dos se quedaron con la boca abierta.

—¡Anda, pero si habla usted!

—Sí, ¿y qué? Tú también.

—Pero yo soy una niña. Las niñas hablan; las focas, no.

—¿Quién te ha dicho que las focas no hablamos?

—Bueno, nadie ha oído nunca hablar a una foca.

—Eso es porque a lo mejor la foca no tenía nada importante que decir, o nadie interesante a quien decírselo. ¿Y qué hacéis vosotras por aquí?

—Nuestro barco ha naufragado.

—Suele pasar.

—Hemos perdido a nuestros amigos. ¿Por casualidad sabe usted dónde están?

—Hmmm..., he visto que las sirenas se llevaban a un muchacho, a un elfo y a un tipo huesudo con barbas. Si caen bajo su embrujo, podrían quedar hechizados para siempre. Pero, como veo que estáis preocupadas, puedo llevaros hasta ellos, si queréis.

Griselda y Lila aceptaron y, agarradas al cuello de la foca, se sumergieron en las aguas.

Ratón abrió los ojos; estaba en una casa de coral. Junto a él se hallaban Adelfo y Maldeokus.

—¡Nos han capturado las sirenas! –gimió Maldeokus.

—*Poderoso hechicero, no te lamentes más y usa tu magia para ayudarnos a escapar.*

—No puedo; se me ha mojado la magia y no funciona.

—No sabía que pasaran esas cosas con la magia –comentó Ratón.

—Porque eres un aprendiz ignorante.

En aquel momento llegaban las sirenas.

—Dejadnos marchar –suplicó Ratón.

Las sirenas se rieron y, de pronto, empezaron a cantar. Y Ratón se olvidó de todo; se sentó sobre el coral y pensó que podría pasarse toda la vida escuchando aquella música tan bonita. Y después no pensó nada más, hasta que la música cesó de pronto porque las sirenas se habían callado.

—¿Por qué? –lloriqueó Adelfo, que solo quería que volvieran a cantar. Estaba tan confuso que ni se acordó de hablar en verso.

Pero las sirenas se fueron nadando rápidamente, abandonando a sus prisioneros. Enseguida aparecieron por allí Griselda y Lila, agarradas a la foca.

—¡Vámonos de aquí, Ratón, antes de que vuelvan! –dijo Lila tirando de él con una mano, mientras con la otra se metía en el bolsillo un precioso coral de conchas que había encontrado por allí.

Las chicas se llevaron a rastras a Ratón, a Adelfo y a Maldeokus, que todavía estaban medio atontados pensando en la música que acababan de escuchar. Y fue una suerte, porque si hubiesen visto a la enorme ballena que se paseaba por allí, se habrían llevado un buen susto; después de todo, no sabían que era amiga de la foca ni que gracias a ella las sirenas se habían marchado; y, la verdad, Griselda y Lila habrían perdido mucho tiempo explicándoselo.

La foca los acompañó de nuevo a la superficie. Una vez allí, agarrados al tablón, Ratón preguntó:

—¿Se te ha secado ya la magia, Maldeokus?

—Mmmmm..., creo que no.

—Pues probaré yo –y Ratón empezó a pronunciar el hechizo de teletransportación.

—¡No, no, no, n...!

Segundos después, solo quedaba una nubecilla de humo sobre las aguas.

* * *

No muy lejos de allí, Robustiano abrió los ojos. Se encontró con que Baldomero y el cuervo estaban a su lado, con caras largas.

—¿Dónde estamos?

—En un islote –dijo Colmillo-Feroz.

—¡Ah! ¿Está habitado?

—Sí; por nosotros.

—¿Y no hay nadie más?

—Es un islote, hombre.

El enano miró a su alrededor. Efectivamente, era un islote. Cabían ellos tres y poco más en un enorme pedrusco que sobresalía del mar.

—¡Pues vaya! –protestó Robustiano–. ¿Tenéis al menos la baraja de cartas?

—Hállase toda calada, mi buen enano –respondió el caballero.

—¡Mecachis!

12

No se te ocurra molestar a las hadas

—¿QUÉ *es este bello lugar?* –preguntó Adelfo, mirando a su alrededor–. *¿Adónde hemos ido a parar?*

Era un bosque claro y luminoso, lleno de flores y de mariposas.

—No lo sé –respondió Ratón–. Tal vez mi magia estaba algo mojada todavía.

—¡No, lo que pasa es que eres un inútil! –gruñó Maldeokus, de mal humor.

—Estamos en las Islas de las Hadas –dedujo Lila, señalando hacia un árbol. Desde allí los miraban dos criaturitas de menos de quince centímetros de altura, con ojos rasgados y alas de libélula. Cuando vieron que todo el mundo las miraba, las hadas desplegaron las alas y echaron a volar; se perdieron en la espesura, dejando tras de sí un rastro de polvillo dorado en el aire.

A Maldeokus le castañeteaban los dientes.

—Por las barbas de Merlín, ¡estábamos mejor en medio del mar! –se lamentó.

—¿Por qué?

—Porque las hadas... porque las hadas... ¡bueno, porque sí!

—Eres un pesado, siempre le encuentras pegas a todo –comentó Lila.

—Quizá podamos ir a ver a la Reina de las Hadas –dijo Griselda– y preguntarle si ha visto a Baldomero y a Robustiano.

Lila y Adelfo estuvieron de acuerdo, así que se pusieron en marcha y se internaron en el bosque. A mediodía se pararon a descansar. Mientras Griselda se dedicaba a hacer una corona de flores, Lila se subía a un árbol, Ratón comía moras silvestres y Maldeokus roncaba a pierna suelta al pie de un alcornoque, Adelfo decidió ir a buscar agua.

Así que se alejó del grupo y se adentró solo en la espesura. Cualquiera en su lugar habría pensado que se estaba buscando problemas, pero el pobre Adelfo estaba demasiado ofuscado con todo lo que le había pasado en los últimos días, y no se paró a pensar.

Así que, por supuesto, se encontró con problemas.

Al principio no lo parecían. Era simplemente un estanque de aguas muy limpias sobre las que flotaban hermosos nenúfares.

—¡Mira qué bien! –se dijo Adelfo, y fue a coger agua. En esta ocasión no se molestó en hablar en verso, porque no había nadie escuchándolo.

Pero de pronto vio que, en el centro del lago, había una ninfa bellísima que lo miraba, muy enfadada; se había envuelto toda en su larga melena rubia.

—¿Qué haces aquí? –protestó la ninfa–. ¡Me estaba bañando!

—*Criatura del bosque, yo no pretendía...* –empezó Adelfo, muy colorado; pero la ninfa no le dejó terminar la rima.

—¡No eres más que un elfo mirón! ¡Toma, esto por espiar! –e hizo un pase mágico con la mano.

Enseguida, Adelfo se vio cubierto de polvillo dorado de la cabeza a los pies. Estornudó una, dos, tres veces. Cuando el polvillo se disipó, el elfo miró a su alrededor, un poco perdido. Parpadeó. No tenía muy claro dónde estaba.

Bostezó. Junto a él vio un árbol estupendo para echarse una siesta.

—Mira qué bien –comentó, y se tumbó a la sombra.

Momentos después roncaba como un bendito.

* * *

En el claro, Griselda estaba empezando a preguntarse qué habría sido de su elfo.

—Habrá que ir a buscarlo –dijo Ratón, y ella estuvo de acuerdo.

Pronto, los cuatro se pusieron en marcha de nuevo, y no tardaron en llegar al estanque donde Adelfo seguía durmiendo a pierna suelta. Hicieron todo lo posible por despertarlo, desde echarle agua a la cara hasta hacerle cosquillas en los pies, pero no hubo manera. Hasta que Maldeokus se rascó la cabeza y murmuró, pensativo:

—A este elfo lo han hechizado.

—¡Vaya! –dijo Griselda, disgustada–. ¿Y no se le puede deshechizar?

—Pues no sé.

Oyeron de pronto unas risas y miraron hacia lo alto. Las ramas del árbol estaban llenas de haditas que los miraban sonriéndose.

—Queremos ver a la Reina de las Hadas –dijo Griselda–. ¿Dónde está su palacio?

Las hadas se echaron a reír otra vez.

—La Reina de las Hadas no tiene palacio –explicó una de ellas.

—Bueno, pues, ¿dónde está su castillo?

—Tampoco tiene castillo.

—¿Vive entonces en una mansión?

—No, no.

—¿Y en una casita de campo?

—No, no.

—Entonces, ¿dónde vive?

—En una flor.

—¿En una flor? Me estáis tomando el pelo.

—No, no.

—¿Podéis llevarnos hasta ella, sí o no? –dijo entonces Maldeokus, perdiendo la paciencia.

Pero a las hadas no les gustaron las malas maneras del mago. En un plis desaparecieron todas en el aire y el árbol volvió a quedar vacío.

—Eres tonto, Maldeokus –gruñó Lila–. ¿Qué vamos a hacer ahora?

—Pues –intervino Ratón– podemos cargar con Adelfo y seguir buscando a la Reina de las Hadas por nuestra cuenta.

Y eso hicieron. Entre Ratón y Maldeokus cogieron al durmiente y lo llevaron a cuestas. Por suerte, al ser un elfo, era tan delgado que apenas pesaba. Aun así, Maldeokus resoplaba y refunfuñaba por lo bajo.

Al caer la tarde vieron a lo lejos una enorme flor roja que se alzaba entre los árboles.

—¡Qué bien! –dijo Griselda–. Seguro que esa es la casa de la Reina de las Hadas.

Corrió hacia la flor. Estaba cerrada, así que llamó a sus pétalos suavemente.

—¿Quién llama? –dijo una voz desde dentro.

—Soy la princesa Griselda, del reino del otro lado del mar. Querría hablar con la Reina de las Hadas.

—¡Un momento, un momento! Que me tengo que peinar. Llevo unos pelos...

Los visitantes esperaron un buen rato, pero la flor no se abría. Griselda llamó otra vez.

—¿Quién es?

—Soy Griselda. ¿Está la Reina de las Hadas?

—¡Un momento, un momento! Me estaba quitando los rulos.

—Mira que son presumidas las hadas –comentó Lila.

Después de esperar otro buen rato, por fin se abrió la flor. Sentada sobre ella estaba la Reina de las Hadas. Era más o menos de la edad de Griselda, y de su tamaño, pero con dos alitas transparentes a la espalda.

—Bienvenidos a mi casa –saludó–. Disculpad que no os invite a pasar, pero es que no cabemos todos.

—¿Tú eres la Reina de las Hadas? ¡Pensaba que eras chiquitita, como las otras!

—Para eso soy la Reina de las Hadas. Bueno, ¿qué os trae por aquí?

Maldeokus dejó caer a sus pies al elfo dormido, sin ceremonias.

—¿Podrías ayudarlo? –pidió Lila–. No hay manera de despertarlo.

—Y estamos hartos de cargar con él –añadió Maldeokus.

—Y de oír sus ronquidos –apuntó Ratón.

—¡Vaya! –la Reina de las Hadas estudió el caso desde lo alto de su flor–. Ya sé lo que ha pasado: ha estado espiando a la ninfa del estanque mientras se bañaba.

—¿Eso ha hecho? –se admiró Maldeokus.

—¡Qué maleducado! –se indignaron Lila y Griselda.

Adelfo soltó un ronquido y les dio la espalda, para poder seguir durmiendo con tranquilidad.

—¿Puedes deshechizarlo? –preguntó Griselda.

—Sí –dijo la Reina de las Hadas–. Pero no sé si se lo merece.

—Es un héroe. Venimos en misión para desbaratar los planes de un mago malvado.

—¿Ah, sí? Cuéntame.

Y Ratón y Griselda le contaron a la Reina de las Hadas todo lo que había ocurrido.

—Ahora –concluyó Ratón–, queremos deshechizar al elfo, encontrar a nuestros amigos perdidos y volver a casa para poner el amuleto a buen recaudo.

—¡Tres deseos! –dijo la Reina–. Bueno, como me caéis bien, os concederé el primero.

Y movió graciosamente el dedo hacia Adelfo, que se vio envuelto de pronto en una nube de polvillo dorado. El elfo estornudó varias veces y abrió los ojos.

—*¡Qué plácido sueño!* –bostezó–. *¡He dormido como un leño!*

—A lo mejor os concedo los otros dos –dijo la Reina de las Hadas, pensativa.

—Bueno, lo del tercer deseo podríamos reconsiderarlo –dijo rápidamente Maldeokus.

Todos se volvieron hacia él y lo miraron con curiosidad.

—Si no te conociera –comentó Lila–, pensaría que estás deseando pillarme despistada para quitarme el Maldito Pedrusco y quedártelo para ti.

Maldeokus se puso blanco como el papel y mintió como un bellaco.

—¡No, no, no, yo nunca he pensado eso! ¡Qué cosas tienes, niña!

Pero Griselda, que sí que lo conocía bien, lo miró con cara de sospecha.

—Maldeokus –lo riñó–, ya estabas tramando travesuras otra vez, ¿eh?

—¡No, no y no, alteza!

—¿Sabéis qué? –intervino la Reina de las Hadas–. Creo que lo mejor será que me quede yo con el amuleto para que ningún mago malvado pueda usar sus poderes.

—¡Ah, no, eso sí que no! –aulló Maldeokus, y antes de que nadie pudiese hacer nada, pronunció a grito pelado las palabras del hechizo de teletransportación.

Una nube de humo invadió el lugar. La Reina de las Hadas cerró los ojos y se puso a toser; cuando pudo volver a abrirlos, sus invitados se habían esfumado.

—¡Qué groseros! –se enfurruñó–. ¡Encima de que me arreglo el pelo para recibirlos...!

* * *

No muy lejos de allí, en el islote, un caballero, un enano y un cuervo se aburrían como ostras.

—Veo-veo –decía Robustiano.

—¿Qué veis, mi buen enano? –respondía Baldomero.

—Una cosa que empieza por «a».

—¡Agua!

—¡Cachis! ¿Cómo lo has adivinado?

—¡Ay! –suspiró Baldomero–. ¿Qué les habrá acontecido a nuestros infortunados amigos?

De pronto se oyó un «¡Puf!» y una nube de humo invadió el islote. Sus ocupantes empezaron a toser y, de repente, se encontraron con que Maldeokus, Ratón, Griselda, Lila y Adelfo acababan de aparecer allí por arte de magia.

—¡Ya podías haber cerrado la boca! –riñó el cuervo a Baldomero–. ¡Ahora no cabemos todos aquí!

—¿Adónde nos has traído, Maldeokus? –dijo la princesa, buscando un pedacito de roca para poner el pie.

13

Si es siete veces más grande que tú, da media vuelta y echa a correr

—¡UITA de ahí, Baldomero, que me estás pisando!

—¡Ay, ay! ¡No me claves el codo en la tripa!

—*No pretendía ser pesado;*
es que Maldeokus me ha empujado.

—¡Yo no he empujado a nadie! ¡Solo intento respirar un poco!

Así estaban las cosas en el islote. Nuestros héroes se habían reunido por fin, pero no tenían muchas ganas de celebrarlo, precisamente.

—Oye, tú, mago de tres al cuarto –gruñó Robustiano–, ¿por qué no nos llevas a casa de una vez?

—¡Porque no quiero que le deis mi Maldito Pedrusco al rey!

Y antes de que nadie pudiese hacer nada, Maldeokus empujó a todos al mar, hasta que sobre el islote solo quedaron él y Lila.

—Y ahora, niña –dijo el mago, agarrándola del pescuezo–, vas a darme ese amuleto para que yo sea el hombre más poderoso del mundo.

En menos que canta un gallo, el objeto mágico estaba en sus manos.

—¡No te saldrás con la tuya! –gritó Griselda desde el agua.

Maldeokus levantó el amuleto en alto.

—¡Ja, ja, ja! ¡El Maldito Pedrusco es mío!

Pero entonces una sombra pasó sobre él y se lo arrebató limpiamente.

—¿Eh...? ¿Qué...? ¿Cómo...?

—¡Ja, ja, ja, ja! ¡Admítelo, pedazo de mula! –tronó la voz de Calderaus desde lo alto–. ¡Siempre serás un mago de segunda!

—¡Noooooo...! –lloriqueó Maldeokus.

Ratón ya había logrado encaramarse al islote de nuevo, con Colmillo-Feroz agarrado a sus ropas, cuando sintió que la enorme garra de dragón de Calderaus lo atrapaba y se lo llevaba por los aires junto con el cuervo. También oyó el grito de Maldeokus.

—¡Nooooooo...!

—¡Ja, ja, ja, ja! –rio Calderaus–. ¡Ja! ¡Ya está todo solucionado! ¡Rumbo a la Isla de los Magos Torpes!

Y Calderaus se llevó volando a Ratón y a Maldeokus, cada uno colgado de una garra. A la ropa de Ratón iba también enganchado Colmillo-Feroz, encantado de poder volar de nuevo tan alto como un dragón.

* * *

Lentamente, los compañeros sacaron la nariz fuera del agua, con precaución.

—Vía libre –anunció Robustiano.

Uno por uno, todos volvieron a encaramarse al islote.

—Mucho mejor –dijo Robustiano, aliviado–. Ahora sí que cabemos: algo apretados, pero cabemos.

—¿Qué va a ser de Ratón y Maldeokus? –dijo Lila, preocupada.

—Nos han privado del mago y del aprendiz –dijo Baldomero–. Sin ellos, no escaparemos de aquesta ínsula. ¡Qué ignominioso modo de terminar la aventura! –se lamentó.

Tras un breve silencio, se oyó de nuevo la voz de Robustiano:

—Veo-veo.

* * *

Mientras tanto, Calderaus surcaba los aires a toda velocidad.

—¡Como os oiga a alguno de los dos pronunciar un solo hechizo, os aplastaré con mis garras antes de que hayáis dicho la segunda palabra! –amenazó.

—¡Mira, mira! –dijo entonces Maldeokus.

—¡No intentes distraerme, sabandija!

—¡Que no, que no! ¡Mira, allí! ¡Es la Isla de los Magos Torpes!

Ratón, Calderaus y Colmillo-Feroz miraron hacia donde indicaba Maldeokus. A lo lejos se veía una isla con forma de gorro de mago con la punta torcida.

—¡Qué bien, por fin! –dijo Calderaus, y voló hacia allí.

Cuando aterrizaron, Ratón y Maldeokus se sacudieron el polvo de la ropa y miraron a su alrededor. Era una isla misteriosa y brumosa, con mucha vegetación y muchos ruidos extraños.

—Bueno, babosa pejiguera, ¿y ahora, qué? –preguntó Calderaus, sin sentirse intimidado en absoluto.

—Hay que ir al templo abandonado –respondió Maldeokus.

Y así el dragón, el cuervo, el mago y el aprendiz se pusieron en marcha. Pronto vieron a lo lejos las ruinas del templo, y Calderaus dijo, muy contento:

—¡Fenomenal! Pronto podré ser el mago más poderoso del mundo.

—¡Eh! –dijo entonces Ratón–. ¡El suelo tiembla!

Y, de repente, un enorme gigante apareció desde detrás de las ruinas y los miró con ojos soñolientos.

—Me habéis despertado –dijo.

Calderaus se echó a temblar. Él era muy grande, pero el gigante lo era aún más.

—Va... vaya –tartamudeó Calderaus–. Lo sentimos. No pretendíamos molestar.

—Pues me habéis molestado –les informó el gigante.

Y descargó la manaza sobre ellos, como quien aplasta moscas.

—¡Sálvese quien pueda! –gritó Colmillo-Feroz.

Los cuatro saltaron como ranas detrás de un matojo. El suelo tembló cuando saltó Calderaus, pero tembló mucho más cuando la mano del gigante cayó junto a ellos.

—Pero ¿qué es eso? –gimió Calderaus.

—Es el titán Malaspulgas –explicó Maldeokus–. Guarda el templo de la Isla de los Magos Torpes.

—¿Y por qué no me lo habías dicho antes?

—No me lo habías preguntado.

—¿Y cómo hacemos para derrotarlo?

—Nadie lo ha conseguido hasta ahora.

—¡No seáis tontos! –intervino Colmillo-Feroz–. Sois magos; si el problema es que el titán es demasiado grande, pues se le hace pequeñito y ya está.

—O lo puedes convertir en helado de piña –sugirió Ratón.

—Es que a Malaspulgas no le afecta la magia –explicó Maldeokus.

—Entonces, ¿qué hacemos?

—No sé.

Mientras, el titán se había levantado del todo y los buscaba por los alrededores. Con cada pisada suya todo el suelo se estremecía.

—Ya sé qué vamos a hacer –dijo Ratón–. ¿Alguien tiene una cuerda?

—Pues no.

—¡Maldeokus!

—Vale, vale, ya voy.

Y Maldeokus pronunció las palabras mágicas. Pronto una larga soga apareció frente a ellos. Siguiendo las instrucciones de Ratón, Maldeokus corrió a ocultarse al otro lado del camino con un extremo de la cuerda, mientras el muchacho se quedaba allí sujetando el otro extremo. Colmillo-Feroz y Calderaus alzaron el vuelo y planearon juntos hacia el titán.

—¡Eh, Malaspulgas! –lo provocó el cuervo–. ¿A que no nos coges?

El titán era un poco tonto, y cayó en la trampa enseguida. Con un rugido, echó a correr tras el cuervo y el dragón, que lo llevaron directamente hacia donde estaban Ratón y Maldeokus.

—¡Ahora, Maldeokus!

Maldeokus tiró de la cuerda y la ató a un árbol. Malaspulgas tropezó y cayó cuan largo era... ¡¡bummm!!... sobre el suelo. Toda la isla tembló.

—Ay, ay –se quejó el titán–. Me habéis hecho pupa.

—¡Somos magos muy poderosos! –gritó Ratón, poniendo voz cavernosa–. ¡Si no nos dejas pasar, te haremos más pupa todavía!

—¡Ay, ay, no! –gimió el titán–. ¡Yo solo quiero dormir!

—Bueno, vale; si te cantamos una nana, ¿nos dejarás pasar?

—¡Ay, ay, sí!

—¡Yo no sé cantar! –protestó Maldeokus, pero el cuervo le picoteó la cabeza–. ¡Vale, lo intentaré!

Momentos después, el titán dormía como un tronco acurrucado sobre el camino.

* * *

Mientras tanto, en el islote, las cosas no habían mejorado.

—... empieza por la «m».

—¡Mar!

—¡Mecachis, es que siempre las adivinas! ¿Cómo lo haces?

—¡Eh, mirad quién ha vuelto! –dijo entonces Lila.

La foca asomó su cara bigotuda junto a ellos.

—Buenas tardes –saludó–. Veo que seguís en apuros, niñas. ¿Queréis que os llevemos a alguna parte?

Los héroes vieron entonces que más caras bigotudas asomaban entre las olas.

—¡Qué bien! –dijo Lila–. ¡Se acabó el veo-veo!

14

No se debe llevar la contraria a una princesa

—¡JA, ja, ja, ja! –rio Calderaus–. ¡Ja, ja, ja, ja! –rio otra vez–. ¡Voy a ser el hombre más poderoso del mundo!

Reunió a su alrededor a Ratón y a Maldeokus, pero no se veía al cuervo por ninguna parte.

—A ti ya no te necesito, besugo con piernas –le dijo al mago–. ¡Mmmm! Podría comerte...

Maldeokus se puso blanco como el papel.

—Seguro que no tienes hambre.

—¡Claro que tengo hambre, por cien mil rayos! ¡Llevo una semana comiendo bacalao!

—¡Espera! Si me devoras, no podré ver cómo te conviertes en el mago más poderoso del mundo.

—¿Y para qué quieres verlo?

—Pues... no sé. Porque en otras historias, los malos siempre dejan vivos a sus enemigos para que vean cómo triunfan.

—Pues qué malos tan tontos.

—También es verdad.

—Bueno, pues nada, que te voy a comer.

—¡No! –Maldeokus dio un salto monumental, se recogió las túnicas y escapó a todo correr. No paró hasta que lo perdieron de vista.

Calderaus se enfadó tanto que se puso a echar humo por las narices. Cuando se calmó un poco, decidió olvidarse del mago e ir al grano.

—Acércate, aprendiz: voy a realizar el ritual, y entonces volveré a ser un gran mago con poderes, y tú un simple niño sin poderes.

A Ratón no le gustó mucho esto, pero obedeció, porque Calderaus tenía un aspecto terriblemente feroz en aquel momento. Así que el dragón se plantó en medio del templo, levantó el medallón en alto y gritó las palabras mágicas:

—¡Repera pelotera, que todo vuelva a ser como era!

Un gran resplandor iluminó el templo, y Ratón cerró los ojos.

—¡Ja, ja, ja, ja, ja! –rio Calderaus–. ¡Mil veces ja!

Mientras el hechizo se realizaba, Maldeokus asomó las narices desde detrás de su escondite, y Colmillo-Feroz asomó el pico desde detrás del suyo, con curiosidad.

—¡Ja, ja, ja, ja, ja y rejá! –reía Calderaus.

* * *

—¡Corred, que no llegamos! –decía Griselda.

—¡Esperad, no me dejéis atrás! –jadeaba Robustiano.

Los héroes habían llegado a la Isla de los Magos Torpes apenas unos momentos antes, y corrían por el amplio camino que llevaba al templo. Se toparon con algo muy grande que les cortaba el paso.

—¡Ostras! –dijo Lila, tocándolo con la punta del pie–. ¿Qué es esto?

—¡Un jayán! –exclamó Baldomero, desenvainando la espada.

—*Ojo, no hagáis ruido* –dijo Adelfo–. *Es un titán dormido.*

Pasaron de puntillas por su lado y siguieron corriendo hacia el templo.

* * *

Ratón sintió como si miles de gusanillos lo mordieran por dentro, todos a la vez.

Cuando abrió los ojos, se encontró a Calderaus frente a él. Volvía a ser un mago alto y flaco, todo vestido de negro, y lo miraba con expresión siniestra. Sostenía en alto el amuleto mágico que tantos problemas había traído desde que sir Guntar apareció por la posada del Ogro Gordo.

—Tú, niño –dijo–. Fuera.

Lo señaló con el dedo y, de pronto, Ratón se encontró encaramado a la rama de un árbol cercano.

—¡Síííí! –aulló Calderaus–. ¡Vuelvo a ser un mago con poderes!

Besó varias veces el amuleto mágico, muy contento.

—¡Y ahora –dijo–, por fin, por fin, por fin seré el hombre más poderoso del mundo!

De pronto sintió que alguien le tocaba en el hombro, y se dio la vuelta.

Casi se le cayeron los calzones del susto. Ante él estaba, cómodamente sentado con la cabeza apoyada sobre las garras, el gran dragón negro del Bosque-Tan-Peligroso-Que-De-Él-No-Vuelve-Nunca-Nadie.

—Hola, desayuno –saludó Colmillo-Feroz–. ¿Te acuerdas de mí?

El mago lanzó el amuleto por los aires, se recogió las túnicas y salió corriendo como alma que lleva el diablo. Pero Colmillo-Feroz alargó la zarpa, lo atrapó limpiamente y se lo zampó de un solo bocado.

—¡Colmillo-Feroz! –lo riñó Ratón desde su árbol.

—¡Es que tenía hambre! –se excusó el dragón.

Sacudió las alas, levantando una gran polvareda, y se elevó en el aire.

—¡Adiós, adiós! –se despidió desde el cielo–. ¡Vuelvo a mi cueva del Bosque-Tan-Peligroso-Que-De-Él-No-Vuelve-Nunca-Nadie!

—¡Adiós! –dijo Ratón.

Unos minutos después, el dragón era solo una mancha negra en la lejanía.

—¡Ja, ja, ja, ja! –se oyó entonces sobre la Isla de los Magos Torpes.

—¿Otra risa siniestra? –se preguntó Ratón.

Miró hacia el interior del templo y descubrió que Maldeokus había salido de su escondite y se había acercado, de puntillas y a traición, al lugar donde había caído el medallón. Ahora lo sujetaba entre las manos, muy ufano.

—¡Ahora yo poseo el Maldito Pedrusco y seré el mago más poderoso del mundo!

Ratón miró hacia el cielo por si volvía Colmillo-Feroz, pero no tuvo suerte, así que se puso a pensar en algo rápidamente.

—¡Ya está! –dijo–. ¡Maldeokus, te reto a un duelo de magia!

Maldeokus parpadeó, sin poder creer lo que estaba oyendo, y se echó a reír a mandíbula batiente.

—¡Jua, jua, jua! ¿Cómo me vas a retar tú a mí? ¡Ya no tienes poderes!

—¡Anda, es verdad! ¡Se me había olvidado!

—¡Ah, no, ahora no vas a echarte atrás! ¡Baja de ahí, cobarde, y cumple con tu palabra!

En aquel momento llegaron corriendo Griselda y los demás.

—¿Qué es esto, Maldeokus? ¿Qué pasa aquí?

—Pasa que voy a ser el mago más poderoso del mundo –le explicó Maldeokus–, porque ahora yo tengo el Maldito Pedrusco.

—¿Y dónde está Calderaus?

—Se lo ha comido el dragón.

—Pero ¿el dragón no era Calderaus? –la pobre Griselda estaba hecha un lío.

—¡Basta de explicaciones! –aulló Maldeokus–. Voy a tomar posesión del Maldito Pedrusco, así que... ¡invoco el poder de mil demonios y algún que otro espectro!

Ratón, que había visto a Calderaus haciendo lo mismo en la posada del Ogro Gordo, cerró los ojos para no quedar deslumbrado.

Pero los abrió casi enseguida, porque no había pasado nada.

Maldeokus miró el amuleto mágico, sin poder creerlo.

—¿Qué es esto? ¿Por qué no funciona?

—Oye, Ratón –dijo entonces Lila, que había trepado al árbol sin esfuerzo–. Yo creo que Maldeokus ya no tiene poderes. ¿No lo ves? Se le ha arrugado el gorro y las estrellitas de la túnica ya no le brillan.

—¡Es verdad! Entonces, ¿adónde han ido a parar sus poderes?

De pronto, se dio cuenta de lo que estaba pasando y bajó del árbol de un salto.

—¡Maldeokus! –llamó.

—¿Qué pasa ahora?

—¿Te has olvidado de nuestro duelo de magia?

—¡Claro que no, mocoso inoportuno! –respondió Maldeokus, guardándose el amuleto en uno de sus bolsillos–. ¡Ahora sí que te voy a transformar en helado de piña!

—¡Uy, qué rico! –comentó Griselda.

Maldeokus, rojo como un tomate y haciendo grandes aspavientos, escupió las palabras de su conjuro de helados de piña, aunque retocándolo un poco para que saliese con guindas.

Todos cerraron los ojos, sin ganas de ver al valiente Ratón convertido en helado de piña.

Pero no pasó nada.

—*¿Ein?* –soltó Maldeokus, mirándose las manos, desconcertado.

—¡Mi turno! –dijo Ratón, triunfante.

Preparó el lanzamiento, apuntó bien y, por fin, soltó el hechizo.

¡Kabuuumm!

Y Maldeokus quedó chamuscadísimo.

—¡Muy bien, muy bien! –vitoreaban sus amigos.

—Pero si tú ya no tenías poderes –lloriqueó Maldeokus.

—Es que el Maldito Pedrusco ha vuelto a hacer de las suyas, y ahora tus poderes los tengo yo.

—Bueno, pero como yo tengo el amuleto y estamos en el templo de la Isla de los Magos Torpes, puedo hacer que todo vuelva a ser como antes.

Y se llevó la mano al bolsillo; pero, enseguida, le cambió la cara.

—¡¡Aaaaaaaaarrrrrrgggggg!! –gritó–. ¡Me han robado!

Todos miraron hacia Lila, que puso carita-de-inocente.

—Lo he robado según el Código –se excusó.

—Entonces, ahora eres un mago sin poderes y sin el amuleto –concluyó Ratón.

—¿Habéis oído eso, chicos? –rugió Robustiano–. ¡A por ééééél!

—¡No, no, no, no! –chilló Maldeokus.

Demasiado tarde: la tropa de héroes se lanzó sobre él con un salvaje grito de guerra.

—¡No, no, no, no! –berreaba Maldeokus, debajo del montón de aventureros.

—¡Sí, sí, sí, sí! –lo contradijo Robustiano, atizándole en la nariz.

Pronto, el mago estuvo atado y amordazado de pies a cabeza, y luciendo algún que otro chichón.

Griselda se acercó a Lila y a Ratón, y les dijo:

—En agradecimiento por vuestra ayuda, os propongo que os unáis a nosotros en futuras aventuras.

—¿En serio?

—¡Claro! Una ladrona siempre viene bien. Además, Ratón puede ser el nuevo mago real.

—Pero yo no sé hacer brujerías importantes.

—Pues ya aprenderás.

—Pero el rey está enfadado conmigo.

—Pues ya se le pasará.

—Pero yo...

—¡Ya basta! –rugió la princesa–. ¡Si no te unes a nosotros, te mandaré de cabeza a la cárcel!

—Bueno, en ese caso...

—¡Pues claro que sí! Solo faltaría que te fichase el equipo de héroes del reino de al lado... con lo creído que se lo tienen...

—Henos aquí gozosos y triunfantes –intervino Baldomero–. Es tiempo de retornar a nuestra morada.

—*¡Preparemos la siguiente aventura!* –dijo Adelfo–. *¡Juntos venceremos a las fuerzas oscuras!*

—¡Y derrotaremos a un dragón! –suspiró Griselda emocionada.

—¡Entonces, no se hable más! –dijo Robustiano–. ¡Llevemos a este mago ante el rey!

—¡Ay, ay, ay! –gimió Maldeokus.

Ratón se dispuso a realizar el hechizo de teletransportación. Los héroes se reunieron a su alrededor.

—¡Tres hurras por los nuevos miembros del grupo! –gritó Griselda.

—¡¡Hurra, hurra, hurra!!

Segundos más tarde, en la Isla de los Magos Torpes solo quedaban un titán dormido y una nubecilla de humo.

Epílogo

Ojito con los hechizos

—IRA que eres burro, Ratón.

—Bueno, ¿qué pasa? Un error lo tiene cualquiera.

—¿Seguro que todavía lo quieres de mago real, princesa?

—Bueno, no sé. Podemos dejarlo de mago suplente.

—Y ahora, ¿qué haremos?
¿Cómo volveremos?

—Mago real, usad vuestro poder para enderezar aqueste entuerto, si os place.

—Se me ha mojado la magia: habrá que esperar a que se seque.

—Y, entretanto, ¿qué hacemos? Yo me aburro como una ostra.

—De momento, Robustiano, podrías dejar de pisarme.

—Es que no quepo aquí.

—Ni tú ni nadie, así que no invadas mi pedacito de metro cuadrado, carota.

—¡Mecachis! ¿Dónde está mi pañuelo favorito? ¡Lila!

—¡Lo he robado según el Código!

—*¡A ver, a ver, haya paz!*
La baraja, ¿dónde ha ido a parar?

—Se ha mojado, Adelfo.

—Claro, con tanta agua...

—¡Ay, ay, ay...!

—Decidle a ese mago sin poderes que se calle.

—Pues a mí, compañeros, ya no me desagrada tanto aquesta ínsula. Téngole cierta afición.

—Yo también, un poquito.

—¡Pues yo no, y quiero volver a casa!

—¡Ay, ay, ay...!

—¡Bueno, bueno, no os pongáis así! En cuanto se me seque la magia, lo intentaré otra vez.

—Vale, ¿y qué hacemos ahora?

—Veo-veo...

Fin

Índice